格致·文库

爱与哀愁

李津 著

山西出版传媒集团
北岳文艺出版社
BEIYUE LITERATURE & ART PUBLISHING HOUSE
·太原·

图书在版编目（CIP）数据

爱与哀愁 / 李津著 . — 太原 : 北岳文艺出版社，
2019.1
（格致文库）
ISBN 978-7-5378-5737-6

Ⅰ . ①爱… Ⅱ . ①李… Ⅲ . ①散文集—中国—当代
Ⅳ . ① I267

中国版本图书馆 CIP 数据核字（2018）第 257815 号

书　　名：爱与哀愁
著　　者：李　津
责任编辑：关志英
书籍设计：鸿儒文轩 · 书心瞬意

出版发行：山西出版传媒集团 · 北岳文艺出版社
地　　址：山西省太原市并州南路 57 号
邮　　编：030012
电　　话：0351-5628696（发行部）
　　　　　0351-5628688（总编室）
网　　址：http://www.bywy.com
E - mail：bywycbs@163.com
经 销 商：新华书店
印刷装订：北京中华儿女印刷厂

开　　本：787mm × 1092mm　　1/32
字　　数：154 千字
印　　张：8.875
版　　次：2019 年 3 月第 2 版
印　　次：2019 年 3 月北京第 1 次印刷
书　　号：ISBN 978-7-5378-5737-6
定　　价：58.00 元

目录

澳洲缘

我和澳大利亚结缘，可以追溯到20世纪80年代。时任澳大利亚驻华文化参赞周思（Nicholas Jose）教授在北京音乐厅看到我的作品，非常喜欢，花两千美元买了我的一张画。这位汉学家在买我画的同时还向新西兰外交部部长推荐我的“鱼”系列作品，他可以算是我最早的海外藏家。

后来澳大利亚画商瑞（Ray Hughes）在北京的一家画廊看到我的画，于是通过朋友介绍来到我在天津的工作室，他和我脾气很像，对于生活和艺术的欲望大于一切。在玉泉里，他一下就挑走了我二十张画，可以说是我第一个海外经纪人。瑞第一次见到我就告诉我说：“李津，你是当今世界上最有才情的艺术家之一，尽管你的名气和你的才华并不相称，但你一定是大师级的艺术家。”他的支持和喜欢，给了我很大的信心。我和他的合作一直持续到今天，他总是邀请我去澳大利亚，为我举办个展，但我却总是爽约。尽管如此，他对我的推广确实不遗余力，在澳洲美术馆为我举办和一些世界级大师同级别等展览，国家电视台的宣传总是会推荐我参加。而且不止一个美国人告诉我，他们曾在瑞那里买到我的作品。也让我意识到瑞的影响力并不仅限于澳洲。

2010年以前，瑞几乎每年都会来中国，后来他身体不好了，就很少再见到他。当他坐着轮椅出现在我“今日·盛宴”个展开幕现场的时候，着实把我感动坏了，他儿子艾文（Evan Hughes）说这可能是他爸爸最后一次来中国了，而瑞依然诚挚地邀请我去悉尼举办个展。从他的目光中，我能看出这位老大哥对于我去澳洲所产生的艺术反应的期待。

这次澳洲行，我的好友李光也起了很大的作用，他为我在墨尔本策划了展览。墨尔本的主办方是华澳传媒的主席徐玲女士，这位美丽的女士为我挑选了维克多利亚州美术家协会的场馆，这座百年建筑和我的作品相映生辉。到墨尔本之前，我个人一直和体制保持距离，所以这次在美协的展览，我其实有点担心。但华澳传媒总经理祖名先生完全打消了我的疑虑，他尽心尽力布展和陪同，让我有了宾至如归的感觉。加上李光和他的伙伴马一鸣先生一路上的说学逗唱，让我的澳洲之行又多了许多色彩。

来澳洲之前，我对这片土地的了解几乎等于零，在我的想象中，澳大利亚应该是袋鼠、鸵鸟满地跑的动物世界。所以我本没有对这次澳洲之行的艺术创作有太大奢望，只带了扇面也有这方面的因素。扇面的形式非常便捷，创作时间也更容易控制，所以这批扇面作品更像是一种随行的图像日记。从这四十多件作品中，大家不难看出整个澳洲之行的丰富程度，我本人把它们称为“土豪津”系列，这种土豪是艺术上的土豪。澳洲的自然环境，可以说是不加修饰的野蛮生长，这种感觉和欧洲、美国非常不同，我想这份轻松和自由恐怕其他任何地区都难以媲美。

在旅行中，艾文带着我们参观了澳洲的三大美术馆，并和美术馆的主管们会见。让我对澳洲的艺术也有了更深入的了解，我原来总认为抽象画来自于艺术家心中的想象，但来到澳洲之后，特别是和宙（Joe Forlonger）一起创作之后，我才体会到，抽象的写真。我相信他们所关注的一定和写实画家不同，而澳洲这片土地也为他们提供了这样一种表现的可能。关于这一点，我和宙专门有一次谈话，也在本书中呈现。

古人将“气韵生动”作为评画的最高准则，何为气韵，千百年来有着不同的争论。我自己有做过比较，把近期同样一批题材相似的作品放在一起，虽然都是单个人物在空旷的环境下，青城山的作品更加神秘，灵隐寺的作品有些孤寂，而澳洲的作品更加有生命力，我想这应该就是所谓的气韵吧。艺术家下笔时的心中所想，肤之所及必然关及笔下形象。所以从这个层面上来讲，我更愿意把这次澳洲之行看作是一次激活之旅，激活了我对创作的新理解，我相信这种潜移默化的生命力会在我未来的艺术中得到更多的显现。

最后，我还要感谢我的母亲，她的健康是我当下最大的幸福！她曾在 20 世纪 80 年代就出访悉尼，她在悉尼大桥下的照片给了我对澳洲最早的想象。这次我也专门在当年她拍照的位置留影。我的家人也给了我莫大的支持，同时还要专门感谢何辉先生，帮助我们在最短的时间里拿到了赴澳的签证，并赞助了整个澳洲之行。另外还要感谢赵德昌先生和阿海先生在图书制作上的支持和帮助。

2013 年冬于北京

李津　满园春色　29cm×60cm　纸本设色　2013 年

欧洲行

秋天的马德里，气候宜人。

接待我们的是西班牙策展人卡洛斯先生，土生土长的马德里人。他的笑声很有激情和穿透力。他曾是舞台剧演员，给我最初的印象是西班牙人个个能歌善舞，且热情随意。这个城市弥漫着一种艺术气息，教堂的钟声和店铺里传出拉丁风格的音乐声重合在一起，闭上眼睛也会感到你身在西班牙。“一方水土养一方人”这话一点不假，就连马德里上空的云都和其他地方的不一样，看上去那么柔情、那么激荡。我们下榻的酒店是个百年老店，装修的风格很古典。电梯很小，开门要手动才行，房间也不大。推开百叶窗能看到不远处教堂的金顶，成群的鸽子在飞。卡洛斯是位美食家，他爱他的城市，从他的表情里看得出，他熟悉那里的一草一木，更能感觉得出他谈到这个城市时的自豪感。

卡洛斯先生带我们去了一家很典型的西班牙餐厅，那里的火腿和香肠是一流的。西班牙火腿配甜瓜（中国的哈密瓜），加上奶酪和口味较重的红酒，“太完美了”。席间来了一位西班牙美女，长得很像毕加索笔下的女人，丰满大气，声音沙哑，听说弗朗明戈舞跳得很好，从她身上能寻找到卡门的影子。我们同行的有一位美国摄影师，中国名字叫温成；还有一位叫阿海的画家，他是皇家马德里球队的球迷；另外还有一位小姑娘叫小蚂蚁，第一次出国。我们吃喝间会从戈雅、米罗、毕加索、达利到斗牛、弗朗明戈舞、足球，当然还有堂·吉诃德侃个不停。酒足饭饱后又随卡洛斯去了一家非常著名的表演弗朗明戈舞的俱乐部，在那里真正地开了眼。在中国时从影视节目中曾看过弗朗明戈舞，这次是这么近距离地看，非常正宗的弗朗明戈舞区别很大，从吉他手到舞者都太棒了！男女舞者长得非常有力度而且漂亮，男人像狮子，女人像鸟。我是被震呆了，血一直往上涌。这种激情这种节奏，和平日在大街上看到的西班牙式的懒散随意有着很大的区别。西班牙人的血里有一种不安分的元素，既生猛又艺术。他们很本能地把生活和艺术串联在一起，如同他们的美食，丰富多彩还很本真。在马德里时我随身带着切好的西班牙火腿边走边吃，满嘴的生肉味。如今回到北京这一口可难找了，想起来就流口水。

在西班牙吃早餐，我们的酒店旁边有一家可以在马路边吃饭的地方，是个快餐店。早晨很早就开门了，我们在那里看到很多海鲜。早晨开始吃海鲜不一定是西班牙人的习惯，当我点了几份海鲜要上白葡萄酒开始吃时，从周围西班牙人惊奇的眼神中能感觉到这样吃不合理法。我喜欢他们做的蜗牛，咸鲜的感觉像中餐的鲁菜。跑堂的是个老汉，喜欢抽烟，他一闲了就在门口抽几口，然后把烟放在门框上也不灭掉，等忙完回来再抽上几口，脸上永远带着笑容。

美国人温成设计了一条自驾游的路线，从马德里出发，途经八个国家到达德国爱莎芬堡，那里有我和阿海的一个联展。从马德里租了一辆德系车，四个人的行李把后备厢塞得很满。温成是个驾车狂，车技一流，有在欧洲驾车的经验，一张地图是他唯一的导航。第一站就落脚在法国和西班牙交界的一个古堡酒店里，这个地方是温成在网上找到的。奔驰了一天，天黑了才到达古堡，没有吃的了，就在古堡下面的一个小镇找吃的，又饿又累。小镇的夜晚静静的，光线也很暗，街上没有人。想打听个饭馆好像不容易，一则餐馆不多，二我们也真的是两眼一抹黑。最终找到了一家吃饭的地方，里面人很多，灯光也亮亮的、暖暖的，香味扑鼻，与外面冷清的街道形成那么强烈的对比。我们像饿狼一样一通狂点，桌子被摆得满满的。我印象深刻的是一道烤鱿鱼，鲜极了，口感也好。大家可能是太饿了或者饭菜太香了，很长时间里没有人讲话，只是忙着往嘴里放食物，我更是迅速地一口酒一口菜地吃着。其他的几张桌子上的人，都在看着我们这些异乡来客，他们显然不那么饿，不紧不慢地聊着吃着，声音不大。很多欧洲小镇，活得那么安静和满足。他们似乎比中国人更有闲情，活得很悠然，享受时间而不是与时间赛跑，“消磨”这个词离今天的中国人太远了。

午夜我们来到古堡，这里把我们带到中世纪，这个古堡原来是个皇宫。这个地区产的盐在中世纪比金子还贵，所以这里富有。这里的镇长也可称王，也可享有皇家生活，这古堡的独立性、功能性及豪华程度都充分说明了这一点，总觉得应该骑马挎剑才合适。我记得同行的小蚂蚁总说的那句话，这里像童话里那样，我理解这句话，是说往往没有看到的才是童话。一个西班牙人没来过中国，对他来说中国有很多童话，很多神奇。夜深了，躺在床上，看着床对面的镜子，灯光很古典、温柔、幽深，镜子里的我很像画里的人，像一幅中世纪的神画。明天又要出发了，下一站就是法国，我们要在戛纳吃晚餐，在尼斯过夜。有那么多的电影人在那里风光，那里一定很美，那里的美人多吗？那里的美食如何？

李津　色香味触法图卷　29cm×60cm　纸本设色　2013 年

又游德国

此次去德国是受弗朗茨·阿克曼先生邀请，参加由他策划举办的“中国当代水墨展”。我以前曾经到过德国的中南部法兰克福、巴伐利亚附近，并留下了美好的印象。但这次来到德国北部的汉堡，感觉这里和法兰克福那边有着很多不同之处。汉堡是一个港口城市，最特别的码头，有很多码头工人、船员等无产阶级。我想，马克思的共产主义理论肯定与汉堡这个码头工人集中的地方有关，因此，这个城市的文化一定和港口有必然的联系。比如红灯区在汉堡就不只是合理而且规模极大，位置选择也是中心地段。

我今年一直在为年底在今日美术馆举办的个展做准备，这个展览的主题当然和美食有着密切关系，我的计划也是边走、边吃、边看、边画。从年初纽约行开始，然后到中国的湘西、江浙、山西等地，一路走来，美景、美食、美人真是令人回味无穷。我有一个认知就是艺术创作需要新鲜的直觉，需要亲身的体验。因此，在汉堡首先关心如何吃好！既然离海近就一定要吃鱼，有幸遇到汉堡美术馆的馆长是个汉堡通，他从小生长在这个城市，也是个玩家，对这里的一切都很熟悉、了解，跟着他去吃绝对没错。这里还有一个坐落在私家公园旁的古老马厩，通过改造后变成了很时尚的餐厅和酒吧，大多数汉堡人都知道这里，里面挂着很多和马有关的装备用品，现已成为一种装饰，这里最精彩的是把椅子的靠背下面打了一个洞，从里面伸出了一条马尾巴，人坐在上面像自己长着一条马尾一样，很有趣。更奇怪的是这个牛仔风格的餐厅招牌菜却是鱼，我们选择了一道菜，是用生鱼腌制后，浇上酸奶酪，这种发酵的酸奶味和鲜鱼肉的咸味配在一起，味道还真棒！而这种鱼体积不大，肉质细嫩，配上德国本地的白葡萄酒，可以说是完美到了极致！之后，又在其他地方点过这道菜，感觉有明显的差距。所以吃也讲究天时地利人和。

下一站我们去了慕尼黑，我的朋友阿克曼的老家，当然，这个城市是我向往的地方，这里有巴伐利亚的大肘子、啤酒及高大健壮的姑娘，还有我最喜欢的画家鲁本斯的作品和巴洛克教堂。非常幸运有阿克曼这样有品质、有学问、有经验的专家陪着，他还能讲一口流利的中文，方便了很多。慕尼黑的啤酒没得说了，棒极了！我更想说的是配啤酒的白肠，真的是肉嫩味美，无以言表！白啤酒配白肠可以说是正点。当然吃白肠还有规矩呢，刀工很重要，用餐刀从中间划开，皮和肉分开了再切断。还有一个印象很深的是在一处教堂办的啤酒广场上，喝的是教堂自己酿制的啤酒，这啤酒口感非常好，产量不大也没有寻求连锁和扩大生产，这种自产自销的心态决定了传统纯正和口味纯正，让人感受到他们对生活质量的一种态度。我们国内很多老字号的餐厅，由于某种原因，不断扩大和连锁，但总是以损失质量为前提。我有理由相信，那教堂的啤酒如果和慕尼黑的啤酒公园联手的话，肯定不会保持这么好的味道。

我们这次沿途参观了很多教堂，我从心里感到震撼！每个教堂里所调动的视觉、听觉包括建筑、雕塑、音乐、绘画如同一个大的剧场，有光有色，有声音有神灵，我认为西方的艺术是从宗教里滋生出来的。就连进餐仪式也有着宗教的氛围，进餐的确应有很多的赞美和感恩，你的胃里会多一层东西——快乐和满足。所以，吃饭也需要有前提，有精神性。其实人类把食物处理成这么多的美好样式，花这么多精力去考虑色、香、味，还是希望通过进餐得到更多大于食物本身的东西。

2012 年 10 月 2 日

李津　土豪津　29cm×60cm　纸本设色　2013 年

李津　鸟语花香　29cm×60cm　纸本设色　2013 年

李津　巴厘岛印象　19cm×28cm　纸本设色　2014 年

美国饮食随笔

其实，纽约我来过几次，属这次印象最佳。当然这要感谢我的朋友宋冰将曼哈顿95街西的房子借给我住。房子很老，古色古香。过一条马路就是中央公园，闹中取静。二楼只有我们一家，十分安静。我把餐桌改成画案子，闲了就画。由于离公园很近，各种颜色的鸟在窗外飞来飞去，叽叽喳喳。离我不远的地方就有个中餐馆，附近意大利餐馆多一些，各有各的特色，都不软。地段贵的地方一切都要方便，这当然包括吃喝。

我在纽约的很多朋友都知道我爱吃，同时又热衷于用画表现这些与餐饮有关的作品，所以就把我的进餐时间分配了出去，安排得满满的，可说是餐餐都精彩。每个朋友都有自己的美食角度，当然他们的选择都是精心筛选的。第一天刚下飞机，纽约朋友龙美仙女士就带我去了一家中餐馆。餐馆不在唐人街，但做得很好吃，川菜、湘菜、沪菜、粤菜样样都有，这种混搭的饭馆无论国内还是国外都很多。其实在国外，任何一家中国馆子都不敢称其纯粹。那天晚上我们吃到了麻辣龙虾和清蒸鱼。一同进餐的还有郎朗在美国的钢琴老师，他也是那个音乐学院的院长，老头食欲很旺，喜欢中餐。

纽约是个极开放的城市，包容性强，任何文化都有它的知音。我的理解，不嫌多只要好是纽约对世界的态度。我对纽约的感受是，这个城市给人一种积极的东西，还有莫名的一种热情和自信。当我们真正面对一种丰富感时，可能任何把事情复杂化的意图都无意义。我始终认为吃饭真没必要分雅俗，饿了，吃什么都香，但不一定都吃出好来，讲究有讲究的道理，随意有随意的理由。开馆子的人有理念，有对环境的要求，有对食客的引导与暗示，这是必要的。我去过一些高档的馆子，他们对自己文化传统的渲染及推广极其用心。不仅环境，包括灯光、桌椅、侍者服饰、所摆鲜花及酒具餐具和装饰品，都会有一种关联，都是一种造境。所以，吃高档馆子的人首先不是以充饥为目的的。我喜欢吃馆子前先洗个澡，换上干净的衣服，神清气爽地去赴宴，吃之前就已经先预热了。无论做什么，愉快的心情很重要。依我看，很多西方人吃饭和听歌剧差不多，打扮得周吴郑王的，很绅士，有仪式感，我觉得这样挺好。如果我是厨子，我会高兴！这种郑重的欣赏和品尝，是对烹饪的一种尊重。

美国的早餐有意思，种类也挺多。美国的早点有鱼有肉有蛋，当然水果必不可少，奶、咖啡、可乐、果汁、蔬菜等等。总之，早点并不草率。我们这次随本地朋友去了一家餐厅，据说二十年前一部轰动全美的电影就是在那儿拍的。那个店也因此更著名，吸引了大量的观光客。我喜欢那里的环境，如果门外停的是马车，我毫不置疑是在一百年前，一切都很怀旧。我在纽约，感觉大部分馆子的整个环境都很怀旧，这种怀旧不刻意、不造作，人一进去仿佛回到过去了。其实在今天这个信息化时代，高速度已非常催人老了。吃饭如果是一种休闲的话，怀旧点的环境会给人一种安稳感和静心。

我真的喜欢不以吃为目的的人，他们往往是不紧不慢地、从容地对待端上来的美食，好像窗外射进来的阳光，周围食客的眼神，跑堂的不经意弄出来的杯盘声都胜于食物本身。慢慢地受用，细细地体会，真的牛！我的一位中国朋友总说他喜欢阳光早餐，在这里我找着了。有时我也想天津的早点，煎饼果子、锅巴菜、豆腐脑、大饼油条、茶鸡蛋，也真够牛的，只是缺点清透的阳光，或者差一朵插在酒瓶里的郁金香。

在纽约正好赶上帕特里克节，它是爱尔兰的节日，满街都

李津　巴厘岛印象　19cm×28cm　纸本设色　2014 年

是穿绿衣服戴绿帽子的人，有花车游行，有鼓乐队，有狂欢的人流，纽约的街道霎时变成了绿色的海洋。我站在街口看着穿行的人，有戴面具的，有奇装异服的，很多年轻的，漂亮姑娘和小伙，我拍了一些照片，眼睛很“累”，不够忙的。回到住所画了几幅节日的场景和一些带绿帽子的人物，在中国这可犯大忌，不过我真的觉得大量的绿色很漂亮，本打算这次赴美不画人物只画食品，结果还是先从人物入手了。在纽约可以看到各个国家各个民族的人，各种肤色，各种造型，画人物的到这里可如鱼得水了。只可惜时间太短，每天都有安排，有时只能半夜起来画画。创作热情高涨，只是叹自己精力大不如前了。

我喜欢日料，在纽约有好的日料馆，大多空间不大，有些在半地下，但品质一流。加之美国的食材好，海鲜新鲜。日料以精致著称，刀功没得说，打扮菜品，注重美器，用心色彩搭配，这些都是日料的强项。我喜欢他们把生猛和血腥的东西变得这么文雅和讲究，且东方情调十足。如同他们的茶道和插花一样，有一种静心的氛围。味道自不用说，食材本色，少油少盐，健康。追求视觉快感是日料的核心，所以嘴和眼在进餐时一样重要！

纽约有一家俄罗斯餐馆给我留下了很深的印象。这家馆子很古典，俄罗斯的老贵族馆子，透着一股法国味。同样是红菜汤，和“北京老莫”还真不一样，餐厅很路易十四，餐具也讲究。我本来是想吃一顿本色一点的俄餐，结果，那位俄罗斯朋友还是没有带我去布鲁克林那家，仍在曼哈顿找了这家，新开张的馆子的确高档，有贵气，看来俄国人也要面子。一顿饭下来两千多美金，不便宜。

我这次赴美待一个多月，前两星期在纽约，后面的日子到波士顿。纽约安排社交多一些，波士顿主要是创作，我在波士顿有个工作室，是我的朋友用他们的储藏间改成的，也像我国内的画室一样，墙上钉着铁板和毛毡，用磁铁固定作品。空间不小，有一百平方米吧。在山坡下，出门是树林，树有上百年了，挺粗，松鼠跑来跑去。小花小草遍地，环境没得说。我的房东是两位医生，一位是眼科专家，一位是全科专家同时也是著名诗人，两个人是同性恋，在波士顿可以结婚，他们已是二十多年的夫妻了。两个人学问、修养、智慧都不一般。我最早来波士顿时，通过波士顿美术馆的小舟租到他家的房子，后来我们成了好朋友。我在他家创作了很多很多作品，有些也被波士顿美术馆收藏了。后来我们又来美国看他们，住在他家已经不是房客的角色了，是来访的中国朋友，再后来就有了这个工作室。我给这个工作室起了个名字叫“古德堡”，找人用木板刻下来挂在那里。

波士顿和纽约太不一样了，波士顿安静、文雅、学府气，城市很老派没什么高楼，我喜欢在这里创作。我这次食品长卷的创作就是在这里开笔的。每天很规律的生活，早晨起来画画，中午睡午觉，下午再画到晚上进餐，吃好吃的，喝小酒，回来躺在床上听上一段评书，老单播的武侠演义之类，日子充实而顺当。只是时间太快，转眼又要走了，一切都那么匆忙。

我在附近四川饭庄存了一瓶一斤半装的尖庄白酒，到回国前才喝完。我过去买酒的店如今改成健身房了，美国人慢慢会远离烟酒，越是发达国家的人会越惜命。我们总在谈饮食的时候忘了载体，如果没有好的身体何谈美食，没有健康一切都无前提。在美国的大街上总会看到跑步的人，锻炼身体胜过了吃饱喝足，吃得健康，吃得有滋味，吃得艺术，吃得放心，应该是我们所希望的！

李津　怀古之心　38cm×43cm　纸本设色　2013 年

川藏行画语录

一个偶然的机会认识了上海艺术家蔡小松，他鼓励我同他的朋友们去川藏高原登山，因为他是一个驴友。

人生匆忙，一晃我已年过半百，心力体力都不支了，但听说去藏区，去寺院，去看格桑花开还是心动了。血液里那些残留的野性又冒了出来，于是不再动摇，整装待发。购置顶级装备，还真花了不少银子。不过穿上之后还真精神，人一下子成运动版的了，走起路来一蹿一蹿的轻快了许多，特提气。这种身体的自信太难得了，就像穿上军装不好意思驼背一样，这也许就是户外运动的吸引力。不过啥事都要找行家，幸好我有朋友们帮忙，否则就要花学费了。

其实，我对藏地是很有感情的。早在 20 世纪 80 年代初，我就去拉萨的西藏大学援教，那时的我才二十多岁，年轻的身体有点儿精力过剩，总想找些刺激的事来做。那个年代，我也曾同朋友闯过无人区，可以算是热衷户外运动的早期“探险者”了。记得当时我们只有两个人，装备只有睡袋和一把藏刀，带几块干肉和几粒水果糖，在拉矿石的东风车上颠来颠去，寒风刺骨，由于不懂藏语，无法同藏族司机交流，夜晚就躲在车轮后面睡，几乎夜夜被冻僵，太阳出来再慢慢地解冻，生存条件非常差。现在想一下三十年前的我，没有任何户外运动的装备和知识，有的只是体力、勇敢和吃苦精神，和如今比起来真是天壤之别。

我们这次川藏行活动的发起者是宫浩先生，他是个企业家。也是资深的户外运动爱好者。这次他慷慨地在格萨尔王的故乡捐了一座大殿，可说功德无量。又赶上兔年是个藏历吉年，转山法会福报加倍。这次活动命名为“百年行知”，我们大家都很重视这次活动。我和往常一样，随身带着纸墨笔砚，走到哪里画到哪里，这是我多年的习惯，每到一个新的环境会感觉到不同的气息，这种现场感对艺术家创作十分重要。我们这个时代生活的节奏太快，信息化和程式化影响到整个社会生活的方方面面，鲜活的东西越来越少，所以艺术家多接些自然之气，多改变一下生活氛围不是坏事。

二十多年前去西藏，就听很多人说川藏线最危险，尤其是雨季，这次我们都赶上了。天天下雨，处处是滚落的山石，记得第一天凌晨四点起床从成都出发，夜里三点才到目的地，司机开了二十多个小时。我身上的计步器显示有四万多步，这当然是颠簸的结果。无论何等的受罪，风景还是这边独好。雨水把一切刷洗得干干净净，树和杂草感觉像是拿过来直接能吃的蔬菜一样，鲜鲜的水嫩。终于接近要攀爬的山峰了，海拔开始高了。那晚大家是在山坡上支帐篷住的，外面下着大雨，帐篷里面下着小雨，防潮垫子下面压着干牛粪，起伏不平，躺在上面会打滑。经过一路的颠簸，各自钻进帐篷里，很快就有人打起呼噜来。隔壁的帐篷里有人在吹口琴，那是很久很久以前的老歌。静的时候有人起夜，在不远处小解，能听得到，当然还有很多虫子在帐子上起落的声音也听得真真的。各种小虫在爬，好像它们不太喜欢我们这些不速之客的到来。风声、雨声和鼾声，那晚我没怎么睡。半夜，隔着帐篷听到有粗粗的喘气声，我吓坏了，仔细地听着动静，怕是野猪或是更大的动物。黑暗中一手拿着小刀，一手拿着手电筒，拉开了一条缝，一看是只牦牛，一双大黑眼也在看我，我们的惊奇是一样的。早晨钻出帐篷，牦牛守在旁边吃草，大概我们占了它们睡觉的地方。早晨的空气非常好，草香、松枝香、树皮香、泥土香，远山有雾气。虽然缺氧，但空气新鲜。吃过早饭稍作休息，我们就冲山顶的方向前进，貌似很近的路走起来相当吃力。登山看起来很酷，其实到最后脑子里是一片空白，只是本能地呼吸和迈腿。心里想着自己的目标，信念很重要。不可能不险不累不咬牙，否则就不要去登山。登山如此，人生亦如此。

法会那天，仪式很大，我们坐在主席台上听白垭活佛诵经并给僧众做加持，那天我感到整日的吉祥，连日来的劳苦艰险也都忘了，西川的风景太美了。虽然天天下雨，宗教仪式开始了，太阳也出来了。早在拉萨时就听当地人讲，见到彩云就说明佛缘很深，我这次真的看到晴天彩云了。那天是个正日子，大殿被照得金灿灿的，五颜六色的经幡层层叠叠，僧侣们穿得红红绿绿，有歌舞也有锣鼓，一片祥和，真感觉阳光下面都是幸福。在这之前，我也接受了白垭活佛的灌顶，这个活佛真不一般，像几个世纪前的人，尊贵又平和。那天我拍了很多的照片，也幸运地请到了白垭活佛开过光的格萨尔王铜像和一条金黄色的哈达，一切如意。

最后一站我们没有跟着走，留在宗萨寺三天，每天醒来就画画，累了在村子里转转，溜达到小广场上喂喂野狗。宗萨寺是佛学院所在地，几天的劳累，真想吃点喝点，可惜这里不卖酒也没有什么肉。我买了几瓶像啤酒一样的饮料，回忆着啤酒的滋味慢慢细品，似乎也有些醉意。平时我们和寺院的管家一起吃饭，他们雇了一个康巴汉子为我们做饭。那人很酷，高大帅气。他喜欢我的长胡子并为之编了好多小辫子，很难想象他那粗大的手能编出如此细致的小辫。他努力想做些川菜给我们吃，但非常遗憾，可以说完全失败了。宗萨寺的夜晚非常安静，由于是自己发电，灯光永远是昏暗的，有时需要点上蜡烛来补补光，窗子的玻璃缺了一块，潮湿的寒风吹进来，让人觉得很清爽，彩绘的柱子下面有个藏式的茶柜，这就算是我的画案了。大概是缺氧的缘故，人迷迷糊糊的，有点分不清哪是现实哪是梦。据说高人可以看到自己的前世，我总觉得这里我曾来过，一切都有种亲切感。我相信万物皆有灵相通。我们住寺院的最底层，楼上有间屋子供养着高僧大德的真身，我能感觉到他的存在，并且在这座古老的建筑里我们有某种交流。我非常珍惜能在这里创作，为此我常常半夜爬起来挑灯夜战，这次在晚报上发表的这组作品都是我在宗萨寺所绘。我喜欢这些作品，我是在海拔 4200 百米缺氧的状态下画的这些小画，但看起来这些画还舒服，心情还好。主要是它们产自特定的环境和时刻，它的真切来自此次远游和藏地的吸引，这些生活体验将深印在记忆里，并转换成快乐与灵感。

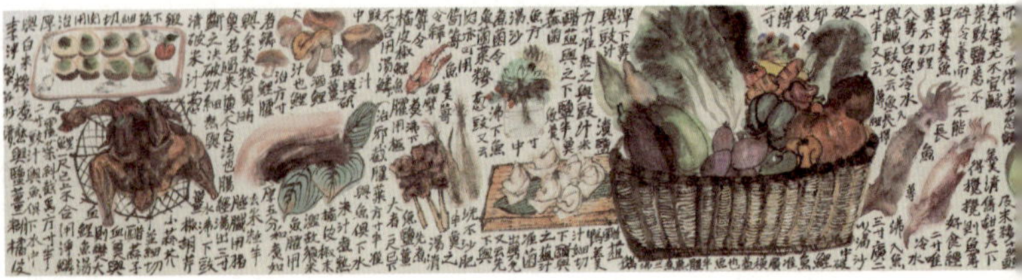

李津　齐民集食图　53cm×460cm　纸本设色　2014年

会飞的心总是在高处
——李津谈常工

常工又要出画集了，找我写文章，谈谈他的作品《布达拉宫》组画。我记得十年前曾给常工写过一篇文章，发表在《青年报》上，转眼间现在我们已经不年轻了。

“非典”时期，常工所在的学校是个“重灾区”，常工被隔离在北京交大院内。两个月后我去交大看他，见他气色无损，似乎更精神了。他说这段日子对他非常难得：难得的轻闲；难得的踏实。我问他是如何过的，他拿出一组尺寸不大的纸上作品——画的通通是布达拉宫的风景——大概有七十幅。有中景，有远景，就是没有近景——而且大多都是俯视的，像一只鸟在布达拉宫上空滑翔，有一种虚无缥缈的感觉，又像一个不远万里来拉萨朝圣的信徒，拖着疲惫的身躯，饥寒交迫，远远地望着向往以久的神殿。一种激动；一种委屈；一种昏眩；一种对虔诚的满足涌上心头。他远远地停在原地，久久地遥望着远处的布达拉宫。这时，从他那挂满尘土的睫毛下的黑眸里闪烁着的正是布达拉宫金顶上放射的光芒。我停下翻阅，对常工说："你没有去过西藏，怎么能与布达拉宫如此神交？你前世一定是那里的一个喇嘛或尼姑！"

细想，常工与人相交一定保持距离，这种距离感是与生俱来的。有时很像深海的乌贼，有物靠近便喷云吐雾，而这种烟雾对于亲近他的人和攻击他的人都很不便，甚至自己也常常被此雾迷惑。有人说"做事到位的人不浪漫，而浪漫的人不到位"，我觉得常工属于后者。常工是个容易原谅自己的人，他原谅自己不争，原谅自己不贪，也原谅自己不成。常工的信条是"不要接近自己热爱的目标，把向往留在心里"。

有两件往事在这里值得一提。1994年，我与常工同住北京东城的纱路胡同。那年夏天，一到傍晚我们就坐在院中的香椿树下。常会弹奏一点儿乐器，记得他有两件家什：一把二胡，一把吉他——都挺破。但常工的嗓子不错，我喜欢听他唱歌。记得常工最爱唱的一首歌叫《金瓶似的小山》，里面有句歌词是"北京城里的毛主席，虽然我没有见过你，你给我的幸福将记在我心间……"这句反复歌唱的词已经在常工的身体里发酵，延伸到《布达拉宫》。画里这种见不到的幸福将永远留在常工心中，常工说他今生不会去见布达拉宫的真身。

类似的另一件事是，每次常工唱歌时，隔壁（后一条胡同相邻的院子里）会有一位女士随着常工的歌声对唱。你一句，我一句，非常真切。我试想过，如果常工面对那个女子是否能唱得这么动情？自然，回答是：“麻烦！”虽一墙之隔，但这种诱惑一直持续了很久。我们除了合作的歌声，还有就是每晚关于这位未曾谋面的女子的种种猜测。那段日子，充实快乐。我们不知道她是否来过我们所住的胡同，也不知道她是否远远地看到过我们。至少我们没有想知道她到底是谁。尤其是常工，他总是打消我的好奇。但我知道，他的心思比我重。可能对常工最大的灾难，莫过于想象的破灭。

常工永远是一个制造缺憾和忘掉缺憾的人。你不会在常工的脸上看到灿烂的笑容，也决不会在常工脸上看到绝望和懊悔。

此文写于 2005 年

李津　思贤　38cm×43cm　纸本设色　2013 年

写给老冯

老冯让我给他写篇文章，一直不太自信能应下这事，因为也许我比他有名，可无论从修养还是经验上我都觉得自己弱于他。我和老冯有种亲切感是因为“不一样”，他做事的果断我没有，他狂放的内心我没有，他能放下的我放不下，他对格调和时尚的把握我似也不如。还有他的忧伤也远远多于我。所以让我给他写什么有点难。老冯之所以是老冯有他的理由。我画水墨比他早，也看过他的很多水墨画儿。其实我只知道水墨画要有诗性，但我不是诗人，而老冯早在二三十年前就有诗集问世——诗人的画自然摆脱不了诗性，而老冯又有着内心的狂野，这种“文”与“武”的勾兑暗合了写意画中的“收”和“放”。或许水墨的书写性助长了老冯的情怀，可以役使他的毛笔肆意挥舞吧，老冯开始购买宣纸、毛笔、墨汁，开始了他那么容易和随性的挥毫。由于不是院体水墨，他的笔墨更贴合地服务着他的感觉。所以我认为一个人所有的经历都是一再为他的终归做出准备。

老冯的快乐和我不一样。追溯回去，他有着蒙古人血统。他要有最好的马和最漂亮的女人。身体不好更支持了他骨子里的刚强，聪明加上勇气再加上点狡猾——很强地支撑了他不稳的身体——这让我们吃惊也让我们注意。

老冯的水墨画是写意的，老冯的书法是行草的，老冯的人生是飘逸的。

德昌的画

很多朋友看到德昌现在画水墨，觉得很突然。认为他有方法、进步很快。但实际上他自己做的功课，远不是我们可以想象的。应该说德昌的水墨传统情怀很深，中国传统水墨的吸引大于西方艺术对他的吸引。这种情结的缘起也很自然，国画的启蒙老师是他的亲叔叔，他是萧朗的学生，花鸟画得非常好。所以尽管德昌所学的是工艺专业，但他最早入手的实际上是国画，而且更多的是来自天津美院老先生传统笔墨的影响。当三十年前我认识他的时候，就感觉到虽然他是设计师，但是他对水墨的理解比很多中国画专业的人更有悟性，我们交流起水墨问题的时候也非常轻松。

德昌喜欢我的画，不是因为私交，反而是因为艺术，我们俩越走越近。他骨子里是有文人情怀的一个人，所以我们聊得来。他的性格中有不紧不慢的中庸因素，这让他的性情温和，为人处世的方式也很低调，但他并不排斥艺术所谓的新风格，这是我们更多能神交的地方。正由于这种接触，看他的画，我能看出几个对他有影响的人：我、八大山人、朱新建，有时还有齐白石的东西，加上他多年来喜好收藏中国古典艺术，等于说他画水墨一上手，段位就很高。

中国古代画坛，很多名家都不是职业画家，像赵孟頫、董其昌都有很多社会角色，也有不少人都是从五十岁以后才开始画画。在我看来，这些丰富的人生阅历和技术储备一样，对艺术来说都是必不可少的。德昌这些年的积淀，显然也是很多青年画家所不具备的。另外，可喜的是，德昌正在对自己的艺术进行重构和整合，所以我相信德昌能越走越远，发展出自己的语言方式，在艺术上有自己的建树。

李津　鸟语花香　38cm×43cm　纸本设色　2013 年

老友翟跃飞及他的艺术

我和翟跃飞相识三十一年了，1984年我们在拉萨相识，那时我在西藏大学援教，他在西藏出版社当美编，都是风华正茂的年龄。那时的拉萨在我记忆里是黑白照片，显影还有点过，画面很艺术，但不是那么真实，如梦如幻。当年我们身体的感觉是那么清爽，思想是那么单纯，脾胃是那么健壮。即使是夜晚的拉萨还是那么明亮，总能听到歌声，也总会闻到酒味。

当时从尼泊尔商店买的英国二手皮夹克、马裤、长筒靴和印着女人大腿的衬衫，今天看来依旧那么酷。我见跃飞时他留着长头发，长得英俊，有点娃娃脸，山西口音，少年老成。对任何事都没有畏惧感，从不当众抢戏，似乎什么事都经过了。所以尽管他的年纪比大家都小，但我们全都叫他老翟。当时他山西大学的同学李彦平也在藏大教书，于是我们有很多机会在一起接触。

1984年，整个拉萨城里从内地来的画家不超过十个人，聚在一起非常亲切。我们在拉萨所感到的气氛，无论是自然环境、宗教环境、人文环境还是语言环境都与内地大不一样。我们没有把自己当作拉萨人，也没有把自己看成旅游者。大家在一起聊天的内容主要和艺术有关，讨论的领域很宽，文学、音乐、历史、宗教都会涉及。当时我们手里有一本三十二开的《西方艺术简史》，所有当代性的思考和艺术探索都来源于这本小册子。这本书是我们在拉萨时的"艺术圣经"。我们开始渐渐地感受到离自己的文化越来越远，西藏有自己的文化，有别于汉文化。西藏有自己的风景，不同于天津也不同于山西，对我们来说家乡越来越模糊，西藏反倒越来越亲近，寺庙里的香火、磕长头的信徒、深沉的法号声没有了初来时的震撼，一切变得熟悉和自然。我们的身心和我们的艺术都开始离开了故土，离开了中原文化的土壤。我们开始有了一个不同的自己，我们的创作也展示出这种不同，开始有了独特的视角。

跃飞学油画出身，他的色彩感觉很好，加上他的美编身份，对设计、对形式构成有一种天然的通晓。这一点使得他的作品给人概括和归纳的意境，既有理性也有直觉。跃飞本人从不感情用事，想好了敢做也敢当。在绘画里的体现就是完整，对画面的掌控能力强。跃飞的画朴素，色彩很浓郁，不轻飘，华丽不艳俗。他骨子里有种优雅，这种优雅能把作品提升在一种格调里，所以即使他从宗教绘画里提取了很多因素、重组很多宗教符号，你还是会感到跃飞自己站在那里，用他自己的音色唱着古老的歌。

“仪式”这一题材贯穿了跃飞几十年的艺术创作，他把对西藏、对宗教的感悟凝聚到“仪式”这个古老神圣的形式，这是跃飞的高明之处。我最初见他的画时就觉得他画面里有种仪式感。他的构图大多很平稳，有种构架在支撑着画面。无论造型、色彩还是书法的运用都有种庄严的味道。有一种共性的东西，平静合理，沉寂但不压抑，如同不断重复的箴经。

我特别喜欢跃飞画面里的白，他的白色只有在西藏有过很久生活体验的人才能感受到。他画的白并不厚，但给人的感觉很厚重。我曾和跃飞说过，我们有幸在那个年龄在圣城拉萨启蒙并艺术地生活着。这是一种镀金，这将影响我们一生。不会因为环境、年龄、祸福而改变。如同现在的跃飞，他离开拉萨很多年了，但他的人和他的画，仍然浸泡在他打造的“昨天今天明天”的仪式里，他活在自己建造的世界里。

乙未年春于马泉营画室

李津　满园春色图　38cm×43cm　纸本设色　2014 年

李津谈周思聪

我十几岁跟表姨学画的时候，她的魅力和对我的教诲，绝对吸引和征服了我。今天，我已经到了她曾经教我画画时的年龄，对我来说，她魅力依然，依旧是那个让我崇拜的长者。这几十年过去，不会因为她的离去，其艺术魅力就减弱了，反而由于我年龄的增长，离她的艺术、离她的境界更近了，这是我自己独有的感触。

我原来最喜欢她的写生，比较写实，我觉得这个东西是不好超越的，没法儿回头，不是说有没有具备这种能力的人，而是她所处的时代，她那个时候还是比较单纯。画《矿工图》这一段我是不太理解的，可能在转型阶段。其实《人民和总理》我觉得是她人物画的一个高峰、大型题材的高峰。她在语言形式上的和谐、对画面完整的处理是一个高峰。我们现在太关心形式了，假如你没有一个独到的语言，还是一个陈旧的东西，或者你只是受到一种自然的影响，就会说你的创造性不够，或者说你在这方面没有贡献。其实我倒觉得一个最棒的艺术家，作为画家首先呈现的肯定还是她的绘画语言。语言的完美程度，这个只有画家才明白，这方面的掌控与把握，因为每个人修养都不一样，但是修养再高、再有境界，你的手跟不上去，想表达的东西准确度就会有问题。任何问题的原因不只出在形式上，而是出在心里，你心里没有内容了，形式就苍白了。我认为只有苍白的人没有苍白的形式。这一次看周思聪的《荷花》，我非常感动，我看她的《荷花》的时候不会先考虑别的，是撒了豆浆、做了胶还是揉了纸，因为她的高明就在这儿，这些制作的引入可能是当时的环境影响，因为画家不可能不受周围的影响，她这种探索的底线不会破坏她的塑造与内心表达，这个是最重要的。如果你任何的借鉴和任何故意最后影响了你自己真正内心需要表述的东西，这个举动不聪明。所以我看她的画我感觉到的还是境界，还是人品，还是人的品格。品格就是天给的，你说什么原因，哪个时代都有高品格的人。按说这么含蓄的东西，她能够用书写的方式来表达，但她的每一笔一点都不含糊，这种苍润的感觉往里头渗透，有点像斑痕一样往内走，这种火候的把握，绝对有技艺的积淀，而且她那么谨慎地使用黑、谨慎地对待每一小块白，你感觉不到她的故意。画面的亲和，这是对用笔、用墨高度熟稔的结果，这种熟稔不能排除她早期所有精彩的速写，包括后面所有的尝试，这种罗列积累才有可能到达最后这种境界。凡是画画的人都明白，你要真 PK 这个东西的话，要没有这种水平的技能就别谈了。我不知道她是什么状态，无论是放弃还是不放弃，但是她拿起笔来的时候，对画本身的那种需要、对质量的需要、对表述的需要，这个东西没得说。所以我觉得现在太强调样式了，太强调形式在这个时代的作用了，但是一个画家要真是对自己尊重，你就要好好锤炼你手里这些东西，最终的表达还是技能，还是如何去掌控把握你自己。我现在看我表姨最后画的这批作品，没有瑕疵，非常了不起。

李津　加州怀古图　38cm×43cm　纸本设色　2014 年

认真即创造

——读邵妈妈的画

我最早是从微信上看到邵妈妈的画，她画的是类似“全家福”的作品。她的画跟张晓刚的《大家庭》既有相似的地方，又不一样。看得出，邵妈妈多是根据照片进行创作。很多受过学院训练的艺术家在面对照片的时候都会出问题，尽管你有写实的能力把照片拷贝过来，一旦这个转化的渠道畅通之后，反而容易忽视照片里所传达的情绪，这是很多作品无法超越摄影的一个根本原因。

邵妈妈热爱绘画，她愿意把时间和精力放在制造美的过程上，像做女红那样一笔一画地去塑造她心中的美，画面的气息阳光而又健康。她对绘画的认识也是建立在这样积极向上的价值观之上，所以她会如实地用眼睛去解读图像，然后认真地去对待“临摹”这样一个过程。对邵妈妈来说，掌握精准的摹写能力，对她来说是有难度的，当然我认为她在主观上也没有认为把照片画得像就好，这种自觉和自信决定着她的解读方法。她解读的方式像一张网，过滤所接纳的信息，把照片里感动她的信息如实地表达出来。比如姑娘的大眼睛好看，她会一丝不苟地去刻画这一双大眼睛。一个搪瓷脸盆、一个军挎包，她会去感受画面里道具的存在，把它们还原到那个年代去，所以她不仅仅是在刻画一个符号，而是在传达自己的想象和意念。她不太感兴趣的东西，她会主动放弃，我们能很清楚地从画面里感受出来她的好恶，这种概括和梳理的本能是邵妈妈的才情。我注意过邵妈妈画面里的花草，她会把这些花草用系统化的方法表达出来，我理解这样做是为了突出图像给她的现实感受而去规避掉一部分因素。

总体来看，邵妈妈的绘画方法是相对固定的，她有自己的语言方式。这种根据照片画画的方式，如果换一个人来画，肯定会让人感觉乏味。但邵妈妈的画依然有生动性，这和她在刻画每一张作品的时候，始终保持一种生涩感、没有经验主义有关。我的朋友宋永红看到她的作品的时候，这么说："认真即创造。"我觉得这句话放到邵妈妈身上特别合适。正是邵妈妈认真地去体味造型，倾注内心的感受，才有了她的艺术。其实她也可以很简单、很草率地对待绘画这件事，但是一拿起笔来，邵妈妈对绘画的热爱和对艺术的虔诚就会自然地流露出来，这两点是她的感人之处。也正因为这样的态度，可以冲淡她在造型和语言上的相对程式化。

读邵妈妈的画，我们能感觉到画面的生机和丰富，我想是因为她在解读和转换图像的过程中有一种生涩感，她能找到造型本身的个性。所以尽管这些花花草草看起来雷同，但并没有给人熟练的那种油滑感，邵妈妈很在意这种朴素，虽然有时会给人感觉有些蹩脚，但这是我们这些经过系统美术训练的艺术家值得借鉴的地方，就是说艺术可以有相对固定的图式，但是绝不能让感觉系统和心灵上的麻木把艺术创作变成机械重复。

看邵妈妈的画，我们能感受到她创作的满足感。在画画的过程中，邵妈妈很平静，内心也很干净，她没有因为外界的认可而放大她的追求，也不以题材大小来决定投入的精力，这种不忘初心的状态值得学习。我觉得正是这种状态让邵妈妈的画自然生成了一种格调和美感，让她画里展示的朴素反而有一种华丽的味道。也许邵妈妈平日对人对事都是这样平和认真，粗中有细，她的艺术是她的自我写照。她爱生活，她又有能力和热情表现生活于画中！

李津　般若波罗蜜　38cm×43cm　纸本设色　2013 年

瑞典女画家毕盖塔

2000年，我同常工去瑞典办画展，在一个波兰人开的酒吧里，第一次见到毕盖塔。记得那个酒吧非常有特色，东欧17世纪的风格，墙上挂着像是店主祖先的画像，看上去都是些将军，胸前挂满了勋章。店主是两个老太太，可能是姐妹二人。有意思的是两人长得一般高，一样胖，只是一个是黑头发，另一个却是白头发，恍若童话故事里的女巫，神秘兮兮的。

当时，毕盖塔和男友坐在与我们相邻的桌子，两个人从我们走进酒吧时就非常好奇地看着我们。毕盖塔个子比较高，长方脸，短头发，看上去十分强壮，典型的北欧人。尽管我只会三十多个英语单词，但使用率却很高——至少掌握的一半单词是讨好女士时用的。我看着毕盖塔说了一句："Good evening .”接下来就是“You are very beautiful .”我说我是来自中国的艺术家，她说她也是艺术家。我觉得太巧了，怎么第一次同陌生女人讲话，就遇到了一个艺术家？运气不错。常工外语还好，反正是强过了我，连说带比画算是聊上了。毕盖塔为我们点了两杯酒，我还了他们两杯咖啡。她说好第二天去看我的画展，转天我并没有相信她会来，于是一大早就离开了画廊到外面玩去了。结果她来看了画展，并通过画廊的人告诉我五点钟还在那个波兰酒吧见面，还要带上另一个女画家安娜。我们再次相聚时，似乎已经是相识许久的老朋友了，我又很随意地说了一句：“欢迎你来中国。”她说她会的。

两年之后，我的一个学生从瑞典回来，告诉我她在一个很偶然的场合结识了毕盖塔，提起我，她问我是否依然欢迎她来中国。我突然想起那次展览爽约的事，于是非常坚决地答应让她来。十天后，毕盖塔来到了我天津的画室，用瑞典的方式拥抱了我……

我决定带毕盖塔来上苑，因为我就知道她会喜欢这里。8月的北京有些闷热，但小院儿里绿成一片，基本上全是树荫。老曹提前已把房间和院落收拾好了，院子里的葫芦架下有一张玻璃长桌，桌上摆放着刚从地里折下的玫瑰，五颜六色，非常好看。几把藤椅随意地摆在桌旁，树荫，瓜荫，藤荫，小院儿充满了凉意。毕盖塔第一次来中国，第一次来乡村，可想她有多么的新奇。

我记得她好像一点儿也不认生，像是来过这里，洗过脸，喝过茶，便拿着剪刀修剪玫瑰去了，一副“爱劳动”的样子。严格地讲，这个小院儿平日里是不大有女人出入的，比较素净。这时有那么一个金发碧眼的外国女人在院子里晃来晃去，的确让我和老曹有点儿提气。

不用说晚上便是盛宴：烤红鳟，羊肉串，生吃金鳟片，从地里新挖出来的水萝卜粉粉的，水灵灵的。吃的方面我熟，山脚下有个大坝，这家饭馆就在坝下，夏天山里的夜，凉风习习，在露天摆上桌子，看着柳树枝飘飘荡荡，喝着冰镇啤酒，尝着美味佳肴，实在是 high。

毕盖塔的眼睛好像更加的蓝了，她反复地说这里是天堂。

应她的要求，答应她在村里画些油画，这位洋姐姐挺认真地拿着刮刀不断地忙活，近近退退，典型画油画的动作，反正怎么画都不像中国人画的。毕盖塔喜欢唱歌，但不敢说好听，有一首《桑塔露其亚》，是我们唱得最多的，她说她曾扮演过露其亚。

毕盖塔有点儿酒量，因为她是瑞典人，可惜村子里不卖洋酒，于是我决定满足她的要求，给她用二锅头勾兑一杯“卡提拉”。先是用雪碧和橘子皮浸泡一阵，再加上少许二锅头，放在井水里拔一拔，最后放一粒丁香进去。总之，据毕盖塔本人讲“还是蛮不错的！”

不是吹牛，晚上上苑小院儿还是很煽情的，又是满天星星。老曹拿起吉他，用不高不低的声音唱了一首英文歌，谁知这首歌的原创是瑞典的情歌，毕盖塔眼里流露出了一丝思乡之情，这时歌声显得更加悲凉。后来听老曹说，毕盖塔回到瑞典后又给他寄来了这首歌的瑞典版CD。然而，老曹还是更喜欢那首英文版的情歌。

毕盖塔决定学中文了，因为她真的太爱这里了。我记得送她走的时候，她突然拒绝上民航的大巴。她太爱这里了。我至今不理解的是，富足的瑞典人为什么这么爱中国，为什么认为这里是天堂？

2006年3月31日

李津　妙诀长春　38cm × 43cm　纸本设色　2013 年

写在三人展之前

离津北漂多年，也觉得拿作品回家乡展示是有意义的一件事。加之这次又是同二位学生的作品一起展出，更为高兴。马骏和秦秀娟都从天津美院国画系毕业，从他们的作品中能看到天津美院的教育成果，但他们的画又没有过多地受中国教育模式之下程式化的影响，更加可贵的是他们也没有对老师进行简单的模仿。

马骏的绘画，跟元明清以后的文人画不同。他的绘画中有高古的痕迹，用笔用线，不像是在软材料上附着的那种线。一般的年轻人不会太较真，但马骏却很计较对特种纸的把握，对线的质量要求，这是很难得的。这种骨子里的好古，不是学院给他的，从他的绘画里看不到太强的学院气。我想这和他喜欢收藏有关，影响马骏的东西是金石和瓷器，所以他的用线有一种石刻的味道和力量，厉害的是他能把这种力量转换到宣纸上。同时也是因为收藏，马骏的眼力很好，格调也很高。他的审美可以说是站在巨人的肩膀上，他老成但不迂腐，构图形式上有他的个性，好像老树开新花一样。

年轻一批的艺术家在绘画创作上都很讲究制作，画面让人看起来感觉都很冷。秦秀娟是极个别追求率意和写真的年轻艺术家。所以她的画面偏热，这让很多人说她画得不细，但其实秦秀娟对水、对线的把握都有她的独到之处。她的画是写出来的，追求的不是制作。秦秀娟的写不是传统的笔法，她的笔墨都是跟着造型来走的，无论她对线、对水的表现，对偶然性的追求都是很生动、很写意的，这样的画家在当代不多，在年轻艺术家中也更为少见。

艺术是个人的事，马骏和秦秀娟才情兼备，各自有各自的艺术主张，但我们三人的共同之处是都爱画画这件事。画画跟写书法很像，写字一开始需要站桩，需要临摹。临摹可以让人对结构和框架有认识，但每个人的经历、阅历，在使用这个固定的形式的时候，他的个性、情感、阅历和修养的表现是不一样的，所以我觉得国画绝对是有程式的。程式本身是没有问题的，它在一代又一代人之间传承。它的危害是出在艺术家对生活的麻木、对艺术热情的减弱上。借本次三人展，我希望与马骏、秦秀娟共勉，一直这么快乐地画下去。

製於京都

李津　天凉好个秋　35cm×137cm　纸本设色　2014 年

马年画马

第一个邀我马年画马的，不是刘思言。之前台湾一个画廊就问说能不能给画两匹马，我开始很抵触这事，一直没画。但耐不住软磨硬泡，我只得画了一个裱画的人，裱的画上有一匹马，应付得相当勉强。

命题作文这个事儿我斗争了好一段，但后来我想想，艺术这东西，没有俗的题材，只有俗的画家。命题也好，不命题也好，题材不重要，我倒觉得“五官八骏”的创意有点乐趣。如何在一个固定的选题里，找到不一样的风格语言和形式？当然这些语言和形式最终离不开一种喜爱。也许有一天我喜欢山水就开始画山水，最初点就是我对这事情本身喜欢而不反感。我很少画我特别憎恶的东西，我从心里特别排斥它就不会用艺术表现这种东西。

“五官八骏”这个主题是有一定限定的，但是每个艺术家绘画风格的语言和看马的视角是不会一样的，所以反倒觉得特别好玩。我画画的时候先想到对象是观者，但作品的第一观者就是我自己，我工作的大部分时间是一个人在画室里创作，不可能首先想象着张三、李四面对着我的作品。所有图式出来，第一个照面的是我，是我在跟它交流，我把它继续下去，第一个先被感动的、先被挑逗起来激情的，也是我本人，作为艺术家，我有跟画面呼应的东西，我也会努力让欣赏者感觉到我画面里头的生动和鲜活，让人感觉画画的这个人起码不冷漠，否则，我不会反射给观者。例如《马踏匈奴》这一幅画，虽然我画的人物不是匈奴人的形象，但我画的是一匹母马，男人有时会有这种角色感，好像自己被“踏”了一下的感觉，其实主人翁的表情很有意思，并不输给那匹马。你看我画中的形象都要有情绪感，这幅画中人物的动作是倒下的，但倒就要倒得优美、壮烈。

画面中有很多东西跟演戏很像，粉墨登场的舞台是纸，艺术家有角色感，经营位置也自然会具有戏剧化色彩。比如一个杯子它是有戏份的，我就会考虑把它放在哪个位置上，这一定得让我心里得到满足。以前我认为绘画别太故事性，因为中国千百年来讲中国画就是讲写意，不是写实，不是描述故事。但我有时候想问题总向相反的方向想，难道你非要用写意的方式才能讲意趣？我画一杯龙井，难道说只是为了点到为止地告诉你那是一杯茶？我实际想说的是可能是一种玩法。这杯茶是什么样的茶，泡到什么样的状态都透露着不同的信息，所以我的画中一般都有比较夸张的内容，我也会去想象画面中发生的故事，体会那种味道。在想象的过程中画画，会把本来很平淡事突然带进去。当观者跟着画面情绪交流的时候就能体会到作品的意境。这次参展的五件作品画面中的马和人之间都有一种呼应也有交流，这个时候我觉得马也活了人也活了。我始终认为从古至今，当艺术家画动物和人的时候都是特别想强调实际上我们离动物不应该太远，但现在的生活离动物、离自然都太远，这些动物实际上是人类的伙伴，而我们其实在这种人与自然的交流上会得到一种回报。

李津　好吃不过饺子　38cm × 43cm　纸本设色　2013 年

家常主义

在水墨的语言里，前人对宣纸、对毛笔、对墨的理解和挖掘上有相当的宽度和深度，有相当丰厚的积淀。这些东西并不是什么糟粕或者有害的东西，重要的是看你怎样学习和借鉴，前人的笔墨是文化的积累也是负担。比如我可以用水墨画电视、画电脑，这些都不是根本的障碍，但不是孤舟独钓、牧归之类。你要说什么，你要表现什么，这一点对艺术家特别重要，同时也标志着你到底属于哪一类的艺术家。因此我一直认为，直接面对生活，用毛笔去表现生活至少是当代艺术家的一种态度。所以几年下来，我给自己的定位是越来越“家常化”。

“家常化”是一种家常主义的概念。在我看来，“家常化”首先是家，有某种封闭的东西在其中，完全是一种非常个人化的。说到底就是把门关上来做我想做的事情，完全是一种自由的状态。当我把自己家的门关上，我在家里的喜怒哀乐以及所有的东西都在这里边。但必须是关上门，因为我是在自己的天地里。在这个天地里还要细品，生活本来就需要你去细品，比如一日三餐，每天都在周而复始，如果你有兴趣或者特别喜欢的话，这里面一定有你好多的思考和无限的乐趣。怎么增添乐趣，怎么减少烦恼都在这个特别简单的事情里。当然还有一个怎么把握的问题，所以我在作品中追求一种“家常化”就是这个道理。

如果我给自己的作品定位为“家常化”，肯定是自言自语状。因为你是在关起门来做事儿，而且还有许多是属于隐私的东西在其中，完全是进入一种自娱自乐和不关别人的事儿这样的创作状态。所以身边的俗世和个人生活的场景以及相对隐私的空间是我笔下主要描绘的东西。比如《能吃就吃》图，就是人的生命的基本要求。古人讲“民以食为天”，这里边也包含着“能吃是福”这样的传统观念。我这个人平时特别喜欢吃，喜欢吃就要自己亲自动手来做，做就得去买。我一直在想，要达到这一步也需要一个画家的境界，尽管都是一些琐碎的生活或平庸的小事。

高科技发达之后，速度的提高，人们都在追求简便，所以

李津　丽人行　38cm×43cm　纸本设色　2014 年

我认为人们不应该追求这种速度和简便。原来认为的比较复杂化的东西是特别能延长和扩展空间的。延长空间本来就是虚的，是对生命空间的延长，对你的视角和你要描写的东西的延长。特别是市场环境下的中国人，正在迅速改变着自己的价值观念和生存态度。

在我接触的许多当代艺术家中，他们的作品实际上都是尽量地提高自己享受空间的能力，即对速度和空间有一个要求，也是在增长这个东西。所以作品中展示的那种所谓穿透力和宽泛性实际上都是在宣扬这种东西。它并不是一个尺寸和度的概念，也不是现实的、物质的空间概念。后来我仔细想过，其实前人也是围绕这个问题在做，而且前人的这些成果没有什么可厚非的。我打个比方，你要在山林中修行，这不算本事，这是空对空的一种东西。要真的修行你就应该在世俗当中，在世俗的喧闹中去领略空的境界。在嘈杂的环境中来梳理和清洗自己，这才是真本事。周围的环境再怎么乌烟瘴气，也得找个办法让自己静下来。所以这些年来在艺术上我从不参与“造反”或者任何反传统的群体运动。不管社会发生什么样的变化，我会始终用最传统的工具来关注身边的生活，这对我来说是非常愉快的事情。

我追求鲜活，鲜活是我的特点和优势。所谓鲜活就是当你要做一件事的时候，已经把它当真了。当你拿起笔蘸上墨汁就要和宣纸接触的一瞬间，你必须进入一种极好的状态，当真了。所有你人性的东西、人气的东西你就拼命地注入纸上，你必须把你的状态调整到最佳的程度。什么叫鲜活？比如画一盘菜，如果它有色香味，有冒香的感觉，你想闻想吃，这就是鲜活。因为你追求的就是这些东西。以前有人说我就是画女人鲜活，其实完全不是那么回事。也有人在追求不鲜活，就不让它有色香味，你能说那是不好的作品吗？问题是你在追求什么，你要说什么，这一点特别重要。对我而言，我就是要追求鲜活。这并不是在刻意编故事，而是你多少年的积累，是一种感觉，是一种人生的态度。对待朋友、对待生活、包括对待吃喝等等都是这样一种状态。

可以肯定地说，我对传统的东西不迷恋，这就是我跟同行最大的或者本质的区别。迷恋传统的有两类人：一是迷恋传统的技术，也就是笔墨；另一类是迷恋境界。可能这些人都不错，但他们的苦恼一定更多。迷恋笔墨的人更多的是一种学习的态度，借语言，借形式，包括借欣赏习惯等等。因为我不属于这类人，所以对什么优秀成果之类的东西也不太关注，就是说任何成果上的事情跟我没有关系。从现代艺术这个意义上说，可能我找到文人传统在当代的切入点，那就是“俗”；这是我个人选择的角度，也是我真切面对自己生存感觉的一种体现。

我现在所做的就是用传统的中国画材料来关注当代社会，关注我自己的生活。再一点，从学院派的角度说，传统是我学习的基础课，这种基础的语言是谁都摆脱不了、谁也绕不过去的。其实也没必要绕过去，因为它不是什么错误。针对我个人来讲，关键是语言的建设，语言的建设在我这里就是造型的建设，这就是新的意义所在。

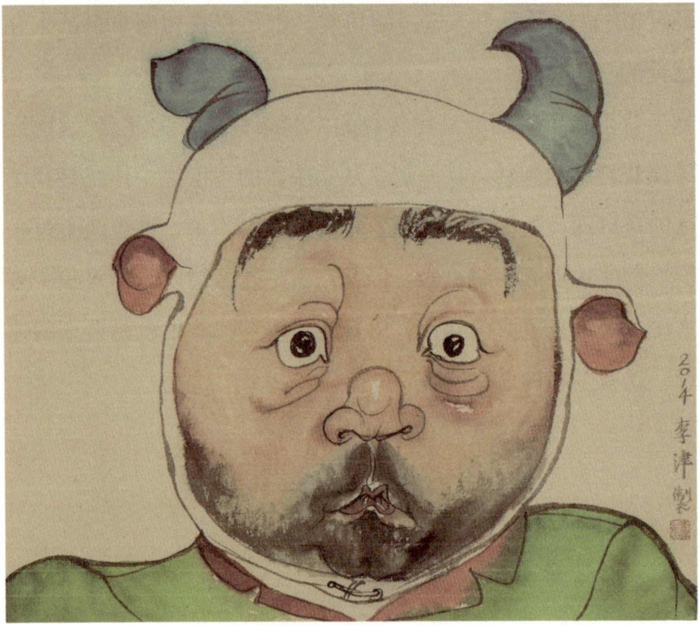

李津　来自星星的你　38cm×43cm　纸本设色　2014 年

李津的思考

我出门旅行都带着宣纸和毛笔，就像写日记一样，有感受就要画出来，离开了现场就没有那种感觉了。我画的是最直接的感受，画不了解的会空洞、贫乏。

到了一个陌生的地方，突然脱离了束缚，马上就有了许多的灵感。按照自己的本意，不改变初衷的画画，很享受，很幸福。

其实，我特别羡慕许多古代的画家，实际上是半个行者。我的理解就是背个袋子，毛笔宣纸什么的都在里边，布袋往身后一背到处游走。只要有吃的就行了，那样的生活太纯粹了。他一段时间独立，或者一段时间就住在山里。他画的山水是在山里产生的。他对每一株草好像都认识，那种心态你想想，现在的人没法比。现在就是噼里啪啦拍些照片，回家对着小照片再回忆，那些具体的细节和感受实际上是大打折扣了，或是没有了。照片拍回来的那片草即使它客观上一根都没有少，可它和你心里的那一片草是不一样的。倘若住在山中，每天出门你都会看到那片草，你根本就没有仔细看过它究竟是有几片叶子，但是那草是真实的，因为你总好像有绕过它或者踩过它这种感觉。

我认为歌舞升平的背后有一种不能超越的烦恼，这些才高八斗的大学者、士大夫们，学问越高，越不能面对这些问题，他们能看到，比普通人看得深远得多。即使是看到了，他们也深知有些问题是无法抗拒的，一旦解决不了冲突矛盾，借酒、借物发泄便成了一种回避的途径。不能肤浅地认为这些文人好酒纵情，其实借助酒精可以放松，可以忘情忘我，暂时缓解精神上的痛苦。现代的人有工作的压力、生活的压力，古人也许有对人的关系、对自然界生存的压力，他们认为受限制、受制约。看了很多古人的画，山水中索性省略了人物，我不去看人了，比起大山大水，人类太渺小了，青山绿水不会老，山水是无限的，往远处看。

我认为没有必要去重复原作中的场景，简单地把人物对号入座，古人改成现代人是我所不愿意做的。我想把其中的气息找到以后还是画我的一种生活状态，这足够了。实际上，原作当时的这个场景，如果是客观记录，也不会是这许多的情节同时进入画面。比如喝酒，比如玩投壶，比如弹琴，这些都是同步发生的，作者注入了自己的思想在画里。艺术家的作品里很多都有自己的影子，不过是扮演不同的角色罢了。最终都是内心的，抑或是追求的一个目标。所以，我创作的这幅手卷也是一样，我是否借题发挥实际上表现的都是我喜欢的，或者说我个人认为这样会更好，这样不好，都是以“我”为中心的一个产物。

李津艺术观

绘画对我来说是一种寄托，在这里除了乐趣，还有一种消磨感。就如同一个人在编故事哄自己玩。所以，故事编得越逼真，达到的效果就越好。画画的时候可以忘掉很多烦事。生活的选择决定了艺术家的创作道路，我的生活选择一直是随遇而安，由于不善于思考，故乐趣来得容易些。比如，吃喝拉撒睡，虽然每日都在重复这些事情，但我总觉得了解得还是太少。表层的快乐使我接受起来容易些，我认为浮的东西虽短暂但鲜活，加上天生定力不够，易被表层事物所惑。因此，非常不定神，情绪波动也较大，这些问题，体现在绘画上也许不算是坏事。因为不可能知道明天会怎样，拿起肉来就吃，脱了裤子就拉，拿起笔就画，倒在床上就睡，这种求近不求远的生活态度，可能是在回避什么，但我感觉还算充实也就够了。

关于水墨画如何表现当代生活，水墨画这个概念有点儿吓人，就是包容的东西太多，好几十代人打造的境界，技术、语言、形象，就是高不可攀。我只能说我敢拿毛笔画画，就是没有多想水墨的意义，还是简单地把它作为一种材料和技巧。作为中国人，我们已经站巨人的肩上了，知足吧！

真诚地对生活、对自己、对艺术加上点自信。如果都从自己做起，水墨的明天是美好的。我觉得逗你玩容易，逗自己玩难。最牛 B 的人就是会逗自己玩的人。

李津　妙乐天机　35cm×137cm　纸本设色　2013 年

李津　江南行　19cm×28cm　纸本设色　2014 年

萝卜和奶子都是上帝给的

——阿克曼对话李津

时间：2012年11月11日

地点：北京顺义阿克曼公寓

阿克曼：让我们来谈谈男人、女人和艺术。我看你的画里面只画一个男人，就是你自己。关于这个画里的男人表面上看很简单，就是吃饭、玩女人的男人。不过这个男人一直都心存忧虑，很少百分之百地享受。依我看，这么极端地画自己，一面是自恋，一面意味着你不断反思自己。实际上你画的女人不妨也可以看成更多是对男人的思索。你为什么不断地画自己？

李津：画我自己没有什么故意，没有什么自觉。从我发觉自己画自己的时候并不是我开始画自己的时候。我画我自己无形中有十年时间。我为什么对单眼皮、大鼻头、有胡须的男人有一种特别认同感？我以前试过画一些不长胡子、眼睛吊着、眉毛也吊着，当时说是好看的男人，我也试过，也画过一些那样的形象，但是我画的时候觉得我跟“他”离得很远，我在塑造一个我认为的一个漂亮的形象、偶像的形象，那个时候的东西是我永远在追偶像，是被动的。后来不再想画这些，我自己好像永远跟那个东西没有缘分，虽然我有能力画这个东西，但是我自己觉得他不是我要的。我画我自己的时候好像不用去了解，我画了好多背面的我，太奇怪了，我从来没有通过镜子看我后边长什么样，但别人都说特像。这就是你自己对自己的相通，这种通的东西，不是你眼睛看到的。其实你最后选择的是把审美放下以后画你真正想画的男人的时候，你会发觉那个男人就是你自己。

阿克曼：女人就不一样了吧，女人你画得很美，当然说不是一般意义上的美，画得很性感，给人一种刺激。好比朱新建画的《金瓶梅》，你发现男人丑，给你一种反感，女人就特别美，特别性感。他有很强烈的符号性，甚至有夸张漫画的倾向。男丑女美你身上也有。

李津：好多人认为我画的女人也不美。

阿克曼：你画的女人绝对是美。

李津：你说的？

阿克曼：我说的。从艺术的角度来讲绝对是美的。

李津：很多人眼里的美和我认为的美是有距离的。我强调阅读女人关注点在哪儿。如果你们感觉到有美是因为我有这个关注在里头。我关注表达的细腻，有意思的是，这个关注所谓的理想化的女性的细腻，那还是我自己，你认为这个细腻跟你画的女人有关系，实际是你心里希望的东西。

阿克曼：实际上你画的你自己和你画的女人是一个人。

李津：一个人，是两面，把胡子去掉就是一个女人，把胡子加上就是我，是男人。实际上那种细腻的感觉，比如慵懒或者是很水、很凝视的眼神，包括眉宇之间的动作和角度都是我关注的，包括她的手势、肩膀等等都是你阅读的东西，是你自己阅读的。因此我认为我和朱新建不太一样的地方是朱新建把这种阅读形式化，把美固定化、审美化，我是永远觉得阅读有很多的不确定性，这个东西是不是需要固定？在我的思路里没法固定，你可以在很多女人身上总结出十条美，你固定下来突然发觉又认识一个女人她有十一条，就是总在不断地有一种东西，哪怕这个东西是特别不明显，但是可能这个东西，如果你要看到它，它就放大了。

阿克曼：我明白了。说实在话，看你的画我对这些“男人”更感兴趣。这些“男人”对女人有一种漠视。

李津：严格讲不是说对女人，我对自己以外的人都有一种漠视，无论男的、女的。

阿克曼：我们是男人，也不是同性恋，我对你的生活也有所了解。就是对女人，特别是对你的渴望或者是你所需求的一个对象是有一个绝对性的概念的。所以你的“男人”让我特别感兴趣，因为这些在艺术里的“男人”与现实不一样的是，他一直有一种忧虑。这个忧虑和女人有关系，不知道你同不同意？你抱着一个丰满的、符合男性需求的一个女人，却心怀忧虑。我马上感觉到了跟自己的关系，我想读这个，我想理解这个。

李津：我听明白了。回到开始说的话题，不用生和死这个词，比如“活（鲜活）”“生动”，有的时候我理解的“生动”，好多人说我的画“生动”，实际上我有时候看眼神特别木讷，很倒霉蛋、特木讷、恍惚，你的焦距在哪儿？也不在里边，往往这种东西又感觉是一个人，有时候有神，恍惚就是一种神，我想这个神和这种恍惚是人们可能对比较确定的、很有态度的表情成为一种习惯，比如愤怒、高兴、一般性的发呆都有一种判断，我认为我所有画的东西是极其不确定，说他愤怒吗？说他真是忧伤，真是高兴吗？都不是很明确的，我自己的内心也是这样，我绝对不能说我自己是一个具有悲剧色彩的人，但我内心非常悲哀，我是知道悲哀不愿意看到结果的人。我是也许因为知道这种结果就特别想看更光明的人。

阿克曼：这个我同意。可是，你画里也有一种快乐。

李津：是，真正心里头有高兴的东西的时候，那个时候不用去想，画人的时候眉毛会松开，眼睛往上翘，嘴往上翘就是笑，你不用想什么别的问题，因为真的在笑。但是我现在画所有的东西有一种忧伤，它是自然而然的，你的生活，你的情绪，像自己的心电图一样。就是我这种画家。

阿克曼：真是很有意思，因为看你的画很随意，同时也会觉得你的表达是对你自己的一种探索，是完全专业的一个过程。

李津：是。别人看的是过程。对于我来，我能够做到的是

李津　江南行　19cm×28cm　纸本设色　2014 年

画画的时候用心，你只要一用心，一进入状态的时候，你把这个事逼真了，所谓求逼真是什么呢？我理解是你自己和自己的心情联系得比较好，你作为演员你扮演角色的时候已经觉得你和角色之间没有距离，你就是角色。我们画画也是这样，你画的这个人已经和你不会是两个人，完全就是你，如果你要是男角、女角也是你，就把你的心思都扑在上头。

阿克曼：所谓的主观是一个艺术家的能力大小的标志，特别是水墨画。我看过的好的水墨画，跟作者本人确实有密切的关系。

李津：还是他自己，我们非常可悲的是并非表达而在表现自己，不以别的目的为前提来考虑自我的比较少。所以，我认为真正能献给自己的还是我们自己。

阿克曼：你是赤裸裸地表达自己，与别人不同，也不符合中国艺术传统。你这样做的同时，也制造了一种李津形象。你爱女人，你爱吃，你爱享乐等等，比如，你在画里和几个丰满的女人一起吃特别丰盛的大餐时的疲惫，你跟女人在欢娱之后的沉吟，等等。甚至这个形象替代了现实中的李津，你愿意做这个形象吗？

李津：我跟你这么讲，回到我最初画画的动机上，我认为永远有这样的人，就是要么编故事吓唬自己，要么编故事表扬自己，要么编故事安慰自己，我属于每个阶段都不一样，哪种都有。但是我真的认识到编故事是重要的，因为故事本身不是真实，包括我们的经历，我认为所有的经历到今天我也认为不是真实。所谓的“真实”是心理的真实，就是你需要它的时候，它真实；你不需要它的时候，它不真实。你这一瞬间认为有人就要杀你，你特别紧张、特别恐惧这是真实，实际上没人杀你，是你自己吓唬自己。一个时候你觉得你特别爱，实际上未必对方爱你，是你感觉到爱，这个爱也是你制造的。所以我们认为很多事情是理想和现实，一个艺术家很多的偏离也在于你自以为是的东西在现实当中很可笑，可笑的人往往是艺术家。

阿克曼：你自己意识到这种区别了吗？

李津：我意识到了但是没有用，就是意识到了也改变不了。除非你不是艺术家，所以我认为谁是艺术家？艺术家就是有病，总把自己的感受扩大化、放大化而且强加给别人，认为别人也像我一样，然后他不厌其烦地想宣传这一点或者证实这一点，这一点是你的个人愿望，不是客观。

阿克曼：这方面你把艺术和生活分开吗？

李津：不是分开的问题，现在没有界线。

阿克曼：你是一码事？

李津：一码事，百分之百一码事。

阿克曼：我理解，你说得非常清楚，一个艺术家和一个做艺术的人的区别。现在在中国做艺术的人多得是，艺术家还是少。我说的是真正的艺术家，把自己的事变成艺术。

男人女人的问题暂时放下，还是想和你谈谈跟传统的关系？我们一起去了看了鲁本斯，我觉得通过他你对肉感有了一种更深的理解，是这样吗？

李津：不是，有故事。就是我回来的时候我发微信，发鲁本斯的画，我很早就喜欢他的画，也很早有人跟我说过："你是我们看到用中国水墨画鲁本斯的很少的人，你的感觉是找鲁本斯的感觉。"

阿克曼：不是找鲁本斯的感觉，是有一种相通的感觉。

李津：不是我说，别人这么说。是 20 世纪 80 年代，那个时候我画了几个人体是太像（鲁本斯）了，那个时候年轻，那

李津　我的爱不变　38cm×43cm　纸本设色　2014年

李津　花如解语迎人笑　38cm×43cm　纸本设色　2014 年

个时候画得更大，臀很大，腿和脚收得都特别小，鲁本斯的形就是这样，他的躯干和主体部分非常夸大，手、脚很纤细、很瘦，就是收得特别好，就是细和粗的对比，他玩这一块。

从德国回来，我把鲁本斯的画发到微信，宋永红回了一个说，“三哥，鲁本斯这一块国画、水墨玩不了。”我现在还保留着那个微信。鲁本斯是好也很棒，但是这个活不是很给水墨干的。我就很来气，怎么水墨就不能干呢？所以就想试试，只要一个画家想试什么，你的形式里头就有东西了，就有这种表象了。比如你对肉体的软的，我这次画的有一些感觉的东西，是把勾的那一部分更淡化了，淡化线，我在里头找圆润感，跟肉一体化所谓软的东西。

阿克曼：是这样。我知道，并不因为你是模仿鲁本斯，这是好像兄弟，我发现鲁本斯的东西你有，所以我觉得宋永红那个微信回得不对，因为水墨画玩不玩得了这个东西不是一个问题，是艺术家会不会玩这个东西。

李津：我们 9 月份去德国看了那么多巴洛克教堂，后来我看我的画的转变。我出去看到的东西对我一定有投射，我们听到的看到的给我的影响是潜移默化的，画的时候没有故意想这个东西。后来我发觉这种丰盛，这种动感，一种装饰感觉的躁动、韵律，还有小花，小草细碎歌颂式的感觉，这些东西绝对不能说跟巴洛克，跟我看到的东西没有关系。而且我一直想这种对肉体的歌颂，我在教堂里头看到的很多东西也是这样，它立足在哪里？就是它没有放弃肉体，没有放弃人本身有血肉的东西，教堂是人盖的，也是给人看的。我也想强调一个概念，就是无论你有没有信仰，宗教先放在一边，首先知道载体是什么，载体还是人，还是肉身，肉身是有知觉的，作为人来讲有没有必要将这个品种的欲望都放下，否则这个品种还有意义吗？

阿克曼：其实我带你看这些教堂的目的就是这个。画肉体的艺术特别多，不过一般的艺术家画的这个“肉体”，我只能说，就是一块肉而已，没有别的。我当初看了你的画就已经明白，你意识到意识不到无所谓，你明白肉体是唯一的能够全部表达我们的信仰，我们跟上帝的关系，是一个唯一的载体。我开始就谈你的宗教感，你觉得很莫名其妙，你当然不是一个佛教徒也不是一个基督徒，你把肉体变成生活最深刻的、最能表达核心的一个东西。你和鲁本斯这方面相同。

同时，这也绝对是和中国传统的一个决裂。这个是中国传统艺术绝对不允许的，不知道你自己意识到这个没有。

李津：起码有一个距离。我想把肉感做成一个问题。

阿克曼：我曾给你写过一篇文章，有一先生读后批评我说我不理解中国文化，他说我不明白在中国那些《肉圃团》里描述过的这些。但我想说的是明清小说里基本上描述的不是真正的肉感，是肉欲。是对性活动的一个描写，引起一种性刺激。肉感包括肉欲，但超过纯粹的肉欲。肉感意味着对人和自然的肯定。通过感官来理解世界，这是不一样的。

李津：情色和肉感不一样，肉感还是人对肉体本身包括皮肉，包括本身的一种认同，要不然不会给你这个皮囊。从中国传统来讲是反对这个的，皮囊、肉身只不过是你的衣服，灵魂才是你的一切，这是过去中国人的想法，西方也一样，有圣德的人会这么想。我的阅历里，觉得弱智者的肉体反应最直接，冷热他直接就说，一冲动马上就勃起了，没有任何羞耻，本能得多。现代文明精神活动太多了，尤其是知识分子阶层。如果是农民还能够知道累，或者搞体育的，有肌体的累。忘掉自己本身，忘掉基础的东西是挺恐怖的一件事。

阿克曼：你这么解释让人明白你为什么把吃和爱放在一块讲，画里的喧哗更是你对自己的肯定。实际上无论是画的萝卜或者是女人的奶子，都是一个东西，同样让我们理解自己和上帝。

秋月
李津製於
日本京都

李津　秋月　35cm×137cm　纸本设色　2014 年

成名画家如何保持艺术敏锐力

——白谦慎、李津对话

白谦慎按：2011年11月，由盛昊先生策划的“与古为徒——十个中国艺术家的回应”展在波士顿艺术博物馆开幕，李津的作品参加了那次展览。开幕酒会上，我见到李津。他的名字告诉我，他是天津人。而我出生在天津并曾在那里生活过七年，于是我上去和他攀谈。谁知道，我们原来都同住在马场道，是街坊。今年夏天我到北京做研究，李津邀我到他家做客。由于他是当红画家，我就把一些长期思考的问题提出，和他做了大约两个多小时的讨论。这里发表的即是我们的那次对话。

一、创作量与艺术价值

白谦慎：我是研究中国士大夫精英文化的。我有一个感受，中国社会对艺术品的要求和使用，进而谈到艺术品的创作，在许多方面和西方人是很不一样的。或者这么说，中国艺术家的创作量很大，书法这一块儿我了解得比较多，根据记录，何绍基最多的时候一天写一百零九副对联，每天从早晨写到晚上，写七八十幅很正常。画家里面齐白石、黄宾虹、陆俨少的作品量也不小。这就难免会出现为市场而画的情况，那么我想听听你的看法，如果齐白石不画那么多，你觉得会画得更好吗？会不会有这样一种艺术家，个人的能力就是特别强，在中国这种社会生存方式下面，他画再多还是很棒？

李津：齐白石离我们隔得相对远一点，我讲我的体会，因为我现在确实面临这个问题，拿以前画画的热情和现在的画画热情作比较，我没有因为进入市场而变得热情高了，所以这个时候我就有点警觉了。不是说我以前不想卖，那时候没钱，更需要钱。但是那个时候因为没有市场的介入，反而相对的寂寞，我也不乞求跟外界要多少回报，包括朋友的赞成或者学术团体的赞成。所以在 1998 年以前我基本上边缘化了，我既没有走中国美协这条路，也没有加入到当代艺术的主流中去。

白谦慎：你参加过全国美展吗？

李津：我从没参加过全国美展，也没有申请过美协会员。

另外一方面，我20世纪80年代初，一毕业就去了西藏。面对当时的环境，我画了一些作品，这些作品离在美院的时候的所学越来越远，很热烈，很表现。回到内地的时候就发表在《美术》上，也参加了前进中的中国美术和湖北美术邀请展。大家感觉很新奇，很刺激。陈丹青画的西藏组画是写实系列的，突然间水墨出来一个夸张变形的形象，对大家有很强的冲击力，但是对这种热烈的表现方式我没有做更深的思考。等后来以后参加完黄山会议、“八九艺术大展”后，我有些失望了，因为在整个新潮运动中水墨并没有扮演角色，水墨只是一个陪衬，所以我就觉得没有意义了。当时谷文达也很棒，相当成功了，他也并不是当代艺术的主要现象，那个时候当代艺术的主流根本不在这一块，所以我就又撤回来画自己的小画，这实际上又跟前卫艺术家拉开了距离。后来的新文人画我也没有参加，新文人画七届展览，一次都没有我。

白谦慎：你也没有要求过。

李津：没有，那个时候的处境很封闭，有一点灰心，那就玩吧，我画了很多画。现在回头看，当时又卖不了，我画那么多画干什么？说白了，画的就是宣泄，反倒觉得自由、随心。那是吃喝玩乐，其实剩下来专门画画的时间并不多，但有欲

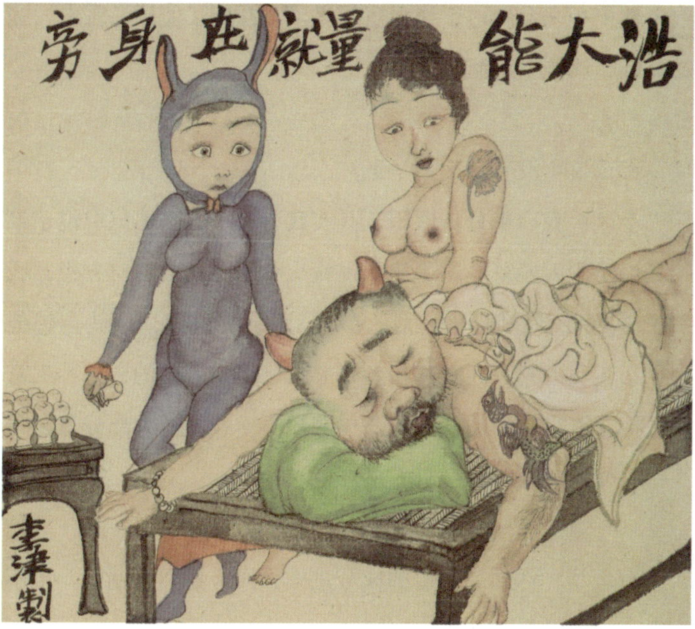

李津　浩大能量就在身旁　38cm×43cm　纸本设色　2014 年

望，欲望一来会画得很快，也很多。现在到了能画一张卖一张的时候，反倒激不起热情了。

白谦慎：没有什么劲是吧？

李津：我后来分析原因，其实我骨子里本是不想取悦于谁的，但是为人还算厚道，比如说我交个朋友我会替对方想，我不希望对方不舒服。这种情况下画画会有负担，你就会想他为什么买我的画，我有些粉丝是靠自己攒钱买画的，并不太富裕，他是真喜欢你的艺术。我也明白喜欢我的人大部分是在关注哪种样式，这时就会有太多迁就。

白谦慎：你加入厚道的成分进去，回报他们的期待。也不见得一定要迎合什么市场对吧。

李津：就是有一种被社会牵制、回报社会的心态。但是这个东西实际上跟迎合市场的结果是一样的，只不过迎合市场是为了口袋里银子，我的迎合是不想伤害谁。

白谦慎：对艺术造成的结果是一样的，但是出发点不一样，您还有厚道的存在。我也有类似的经历，最近我给一个朋友的公司题字，他就认为有些地方不太好，让我改，其实按照

李津　发如雪　38cm × 43cm　纸本设色　2014 年

我的观点不需要改了，改了反而不好，但是人家有这个需求，为什么让别人不高兴呢？

李津：是，其实咱们说的那些创作量大的艺术家，其实数量还没有太伤害他的艺术，还没有挡着他的热情。我觉得他们也曾有过我现在这种问题，但是他们最后转变了，他们真看明白了，就是不管你怎样迎合买家，其实你永远不知道他们在想什么。

白谦慎：对。

李津：你虽然善良，但是你的这种善良未必是人家需要的，只是你认为的。所以你只能最后保证一点就是说你更加我行我素一些，我画我想的，无论最后是更多人喜欢还是更多人不喜欢，没有关系。我觉得到这个层面以后，你的内心是不需要伪装的。没有底气的艺术家不会这样，他除非真不知道自己画得好。

白谦慎：中国画和中国社会，特别跟水墨这种特点有关系，就是说完全不走量的人很少。它和西方模式完全不一样，而且中国画和中国书法一样，基本上是卖得越多的人卖得越好，有时会听到人们说起，某某你现在少写点少画点，将来物以稀为贵。其实不是这么回事，完全是反的。20世纪80年代，我到美国学比较政治，因为我喜欢书法，关注中国艺术的拍卖。当时一个普通美国白领的工资就能买中国名家的字画了。那个时候日本艺术市场特别火爆，一亿美金买凡·高，中国画的价钱差太远了。吴昌硕的价格我记得很清楚，当时大概也就是两三千美金，如果我缩衣节食，一年买一张吴昌硕没问题的，现在我当教授了，反而买一个角都买不了，现在就是这么一个差别。1987年，我到华盛顿去拜访傅申先生，我问他，“为什么我们中国画卖这么便宜?”傅申先生说，西方人把中国画归为水彩画，西方水彩画价格就是便宜。其实今天一看，中国画家齐白石的平方尺全部加起来我估计总价格已经贵于毕加索。

李津：我给你举一个例子，我的朋友朱新建，当时也有朋友说，就说这个人的创作量会影响他今后的市场和学术地位，卖得太便宜、画得太多。他们说就朱新建这个样子，他如果能够到二流价位和水准，各方面就算不错了。他的画是从一百块钱开始卖出来的。现在涨了很多，应验了我的预测。我说永远相信最主要的是艺术质量，不是数量，不是因为他数量多，因为他便宜卖了就把他的艺术价值掩盖了，除非他的艺术不好，这个就不谈了。作为朱新建来讲，他无论怎么对待艺术，他都是站桩极好的人，功夫已经在他身上了。我认为哪怕再有三个

李津　江南行　19cm×28cm　纸本设色　2014 年

朱新建，作为中国这么庞大的市场，都能消化。

白谦慎：他其实不是贱卖。

李津：他完全看明白了，他早就说，你要是画画为了一个馒头，那必须得画画。他永远是五块钱不嫌多，五十万不嫌少的状态。他去世之后，价格十倍、二十倍地翻。我最后得出一个结论，如果你是真正有人气的话，作品越是抢手，你的假画就是真画；如果你没人气，你的真画跟假画就没区别，因为你的真画都卖不出去。其实不少前辈吃了这亏，其实他没有太多的必要去证明哪个是真哪个是假，这个真是看市场需求。

白谦慎：现在的这种艺术生活状态和社会需求，还有艺术品的操作方式，其实古代也有，就是价钱卖得不如现在高。在当下这种情况下，还能杀出一条血路挺不容易的。中国人在生活当中使用艺术品的热情还是比较高的。书法的用途比较大，量太大了，像曾国藩和翁同龢，他们不知道写了多少，包括李鸿章，日理万机，还抽出时间来练字。

李津：书画同源，中国画跟书法很像。前一段有一个争议，有人揭发范曾的画都是流水作业，画的什么都一样。范先生能够辩解的最有利的证据就是说第一他没有拷贝，第二他没

李津　江南行　19cm×28cm　纸本设色　2014 年

有起稿子，他都是信手拈来的。后来我一想这个东西实际上跟写字很像，写字一开始也是站桩，都是临摹，有形式约束的。临摹最大的作用不在于对结构和框架的贡献，每个人的经历、阅历，在使用这个固定的形式的时候，他的个性和情感、阅历、修养所表现的不可能是一样的。那么范曾的问题没有出在克隆，而是出在他对生活的麻木、对艺术的热情上。所以我觉得国画绝对是有程式的。

白谦慎：中国画没有程式是不可能的，其实这就是中国和西方不太一样的地方，西方特别强调原创性。

李津：中国强调的是写生概念。

白谦慎：对，临摹古人历来算是作品的，写得跟古人特别像也是被赞美的。“二王再世”“异代知己”都是好词，很多西方的观念确实不能完全套用。我们又回到刚才那个问题，程式化并不是关键，重要的就是感受的枯竭和麻木的问题，这个问题你有没有反思？

李津：有，就是说我为什么而画，这个现在是有变化的，因为有甲方、乙方的关系。我画的画都是第一人称，是在画“我”，自我娱乐的意识特别强。随着年龄的增长、随着市场变化，现在我越来越发现生活中的乐趣、绘画中的乐趣，消解没有了，剩下的只有工作感，这是我不喜欢的，我原来特别不愿意承认我有工作室，我觉得艺术创作跟车间没有关系，它最好是生活中的一部分，我喜欢这样的画画状态。

白谦慎：这种心态非常细微的变化，会反映到你的笔墨当中。

李津：我认为当下中国的艺术相对是下降的，读画的人的品格、品位相比古代低了很多。所以其实他们真的不太关心你画的是什么样式，是不是重复。而笔墨传达的精神和真正品质的东西，现在反而很少有人去考虑这种精微。这其实是评判中国画的核心，这个核心一淡化以后，这些买画的人就会希望“饮食男女”里多画点人，“盛宴”里面应该画荤点。尽管正因为这个语言你区别了很多人，但是有了面貌之后，能不能走出来？如果艺术家内心真正强大，他还回到基点上。另外，真的粉丝、藏家就算看到了这种回归的危险性，他们也一定不会干扰。

白谦慎：这种干扰，有的时候是不是跟资本或者投资行为有关呢？

李津：这一点很关键，我以前大部分的作品都是卖给老外的，从来没有任何人要求我盖章或者落款，来买的时候他就是喜欢，当然挑选的时候也很慎重。他不会想这个东西今后怎么增值。等后来我出国去他们家里参观，这些画一直还挂墙上，我非常感动。这样的艺术已经进入他的生活了，这是艺术家很在乎的。很多中国人来买画的时候，最好裱都不要裱，信封一叠藏一个地方了，也不会拆开。

白谦慎：对，就是为了放多少年增值，他根本不会看。

李津：他们最关心的就是印章，最好跟我有个合影，保真，别亏了。当 90% 的买家都是这样的人的时候，就恐怖了，你创作的时候还为他着想，就有点傻了。

白谦慎：这一点我很同意你的观点，确实要看内心强大不强大，这个强大可以分两方面，我们也不是说多高雅、多清高，反正我钱够用，我该怎么做就怎么做。

李津：我不去查你买家的身份，也不管你喜欢什么样的题材，也不管你买画是什么目的，你来我这买就是多少钱一尺。这一点我觉得朱新建很厉害，他的原则就是不管谁，你带着钱进来不能带着钱出去。但是他自己肯定是很明白的，这个时

李津　农业学大寨　29cm×60cm　纸本设色　2013 年

李津　美女如云　29cm×60cm　纸本设色　2013 年

代，无论是他做人的质量、画的质量都还是很高的，一般人挑战不了他，所以他有这个信心，而且到死他还是那么认为。这个人也算是一个孤品。

白谦慎：其实在中国的传统绘画里，走向写意的人都有一定创作量的，而且这个创作量不会打败。

李津：这个观点一般人不敢说，很多人认为创作量是中国画致命的弱点。画油画和做当代艺术的人，会标榜自己是纯艺术家，他们看画国画更大程度上看作是把戏。

白谦慎：他们的观点跟我们传统观点不一样。

李津：咱们今天谈的其实是当下特别重要的一种文化现象，你的思考是特别有力度的。一直以来没人敢碰这个事，就造成一种现象，很多人把画得慢，一点不敢行云流水，咱就屋漏痕这么皴，看成是一种真实的态度。而像徐渭、傅抱石那样放开了画起来以后就不是艺术，就很草率，我觉得这种理解是很偏颇的。

白谦慎：直观的表现就是工笔画成为一种主要倾向。随着这个问题你回头梳理，赵孟頫日书一万、鲜于枢日书三万等，这些流传下来了的名家，数量并没有打垮他。近代的何绍基、翁同龢书写量也非常大，但一点也没有影响他们的艺术价值。

李津：艺术的枯竭，根本上不是量的问题，而是人没有感觉了。程式化，也有害人的地方，哪怕你没感觉了，你也可以欺骗别人。因为这套程式不会失误。很多人借这个程式来掩盖自己的麻木和对艺术的没有信心，这个实际上是最要命的。

白谦慎：我们总拿历史来比较，我研究过晚清的官员，其实像曾国藩他们大量地使用书法，但当时书法并没有市场化，他们是不卖字的，因为他们收入（俸禄加养廉银）很高。这跟西方的艺术家是不一样，他要坚持的话，我这画你爱要不要，其实最终妥协的还是买主。

李津：没错，你说得太对了，实际上是这样的。

白谦慎：还有就是你讲的热爱，有兴趣。你讲的你是厚道，你说要照顾别人。

李津：我自己已经不快乐了，我拿不快乐换什么呢？换来还是不快乐，那我就没必要了，我要换来的是快乐，因为我特爱钱，那我也行，我牺牲这时候的痛苦，我在那边拿过来了开心，人生就是这样流程吧，你不能全是不快乐。

白谦慎：你如果已经不是对金钱如此渴望的时候，那就不快乐了。当然我们知道齐白石先生很喜欢钱，他喜欢钱和画画，快乐不快乐完全不矛盾的，他对世俗生活的渴望正好也表现在他的画里。

李津：我觉得确实是这样，作为艺术家本身来说，最可怕的还是你自身。创作量、程式化的问题，是站在西方的立场上提出的问题，我们大部分的美术教育，包括我们接受的当代思潮，更多是受西方的影响。

白谦慎：其实中国艺术在很多情况下并不强调创作（create）这个概念，书法更是如此，你写一张便条，我开个药单，这大黄、枸杞还要设计一下吗？没有必要，书写是非常自然的流露。这是中国传统的体系，不能完全拿西方的理论来套。齐白石有的时候可能也会有败笔，但是依然不能影响他突然来两幅极为精彩的作品。这并不是说，完全没有预先构思的情况。沈周画《庐山高》，文徵明打了格子写小楷《月赋》，都是有“创作”意识的。但不假思索、一挥而就的情况也很多。

书法和文人画都有这种情况。

李津：以量取胜这是正常的，如果一个艺术家能每一张都画得一样精，这就要质疑他了，因为艺术家肯定都是有情绪的，他今天早晨和他晚上落笔的东西都不一样。

白谦慎：中国的传统美学里面，有一点是非常正确的，就是心境，艺术家的生存状态非常直接地反映到他的艺术里去，像孙过庭讲的五合五乖，偶然欲书。

李津：对，其实我特希望我第一个身份是美食家，第二个才是画家，为什么这么说呢？不要视艺术为生命，把这个艺术架太高，拿起笔来就是沉甸甸的，古人绝对不是这样。这样看的话，程式这个东西实际上现在不是累赘，而是我们丢掉的太多，拿起来绝对不会害你。

白谦慎：而且程式这个东西我们应该这样看，中国固定的程式教你一个基本的把式，包括京剧有程式，我们的书法也有程式，我们的绘画有一个套路。我们不像西方要原创性，现在很多艺术家都是大开大合，追求很强烈的个人面目。其实我们真正的差别，就是在一套程式语言之后的细腻差别。就像我跟你打乒乓球，我老拿世界冠军，你老拿世界第五名，其实赢也

李津　红色经典系列之平原叔与汪霞嫂　38cm×43cm　纸本设色　2014 年

李津　红色经典系列之战地黄花　38cm×43cm　纸本设色　2014 年

就赢两三分，但是我最后就赢你了。为什么我讲到数量的问题，我特别喜欢看中国乒乓球队总教练刘国梁写的评论，他在评论中有时会说，谁谁最近比赛打多了，动作变形，要回归训练。其实回归训练就是基本功的练习，有的人我是觉得他聪明就聪明在画的时候就是一种训练。黄宾虹一直临摹，他就是在做基本功夫。就是要防止在程式里面变油，回归特别基本的东西。

李津：实际上没有一个人敢说他已经把传统、把水墨玩得已经没有玩头了，也就是说你愿意不愿意再从外面拿东西还往里头加，咱们说的所谓油，是因为你已经不求上进了，你肯定是不再寻找，只要寻找，资源太多了，谁也别说是因为笔墨害了他。归根到底一个是感觉上油，一个是学习当中你已经不再往里装东西了。

白谦慎：对，还就是思维始终保持很敏锐的触觉。不断地在敏感的状态下，没有惰性的状态下，才能够保持很鲜活的状态。

二、不可复制的往昔

白谦慎：当然也有跟艺术较劲的，“恨羲之无臣法”，当然王羲之可能没有这一套理想。再比如何绍基已经书名这么大了，求字的人这么多了，但是他也没有很多的标榜。我再来问一个问题，今天你怎么看你20世纪80年代在西藏画的画？因为我一直写字，我今天看我过去的东西会感觉：哎哟我那时候怎么这样写？我也会觉得之前写得不错，但是很多人会认为现在的就比过去的好。我不知道你的自我评价的系统是怎么样的？就是说自己看自己的作品，用进步、退步还是变化来形容。

李津：会比，以前年轻的时候有才气，但是会有漏洞，画面不完整，感觉收尾不好。现在这些方面成熟了，但是那种狂放、热情没有了，我也想试过回到那种年轻的时候的生涩、冲动。

白谦慎：回不去的。

李津：有朋友问我能不能改一改那个时候画的画，我也看确实没有画完，我愿意补几笔。一是通过改画我跟我的青春对话，因为毕竟是我的历程。我就发觉我所有动手的地方和保护的地方就证明了后面这二十年过来我到底增长了什么、我失去了什么。因为不去破坏的东西是你知道你现在没有的热情和张力。我改的画都比我现在画的画好看，所以我有时候就想要不要系统改一些画，因为它有着你青春的骨架，现在你可以把它羽翼丰满。但是纵然再明白过去好在哪，我试了试也是回不去的。

白谦慎：不可能回去。那么你看没看到有些朋友，他退步了？

李津：有，最大的迹象一个是木讷，画面会变得更加制作，去渲染、补救的东西更多了，因为他肯定是在掩饰什么。这种掩饰也是无奈，所以会感觉他越画越匠气。再有一个就是画画的动力容易打折扣，有些人画画的第一需要就是要脱贫、出名。他一旦得到了，他就感觉消磨得不行了。另外还有一个艺术家的性情和时代的选择。比如对政治敏感的人，当这个时代对政治有要求的时候，他可能会被选择。那么当这个时代不再以政治为主题的时候，这些艺术家怎么办？让他不去逆反了，被招安了，从他们内心本身也不舒服，所以就有可能进入艺术的低谷。以前自己执迷的题材跟时代脱钩，就会没有真实感。比如说史国良，这几十年他没变，他一开始就画得很精纯。他学黄胄、石齐，出过家，经历过很多事，但他现在还是那么画。因为他的审美始终就是这样的，这就像把他最美好的照片要保护住一样，不管时代怎么走，我的审美是固定的。

白谦慎：挺不容易的。

李津：很不容易，所以肯定是个案。你要看朱新建其实他也没变。

白谦慎：也有一些会变的人，变得越来越好的。像朱屺瞻、九十几岁写的字还这么有生气。

李津：对啊，感觉返老还童了。我现在想中国画可能要尽量占有生命长点，它会伴着你的人生走，你九十岁别说六十岁的事，六十岁的人猜想九十岁也没有道理。

白谦慎：我也认为我年纪大的时候，字会变好。现在算可以，但是还不够成熟，年纪大了以后，靠我的年龄和阅历弥补我的不成熟的东西。

李津：这个肯定是有用的，金农学画的时候年纪不小了。

白谦慎：对呀，八大山人画山水也很晚，他 1680 年左右才开始画，那时他已经是五十多岁了。八大早年画花卉、蔬果这样的东西，他晚年画山水，而且他也是晚年的比早年的好，书法也是。

李津：我前两天找了一下我当时在西藏时写的字，后来给朋友看，他们说比我现在写得好，我一想也真的看你怎么看了，还是这个问题，那个时候那种热情可能回不来了。

三、形式和材料

白谦慎：我们刚才讲了数量、状态的问题，我还想请你谈一下对材料的看法，你好像专门使用一种毛边纸。

李津：不管换哪种材料，你要了解纸性这是一定的，笔性也如此。就跟开车再熟练，换一辆车的时候，你还要开一段才能找到手感，其实它只是手感或者什么的问题。但是我不会认为红星夹宣就比元书纸好，因为它这个没有可比性，每种纸出来的效果是其他纸不能代替的。

白谦慎：更多的是随机应变。

李津：另外，纸也限定你的语言，皮性的纸就是皮性的语言，你想让皮纸出夹宣的效果是出不来的。你拿一张日本皮纸让齐白石画虾，那他也是绝对画出不来的。所以材料完全要为内容服务的。我以前想过能不能在语言、装裱形式上，包括用纸是不是要创新。比如做一种跟古人有区别的纸，纯粹玩材质这一块，我原来试过，但是很快我就退出来了，我不愿意把精

李津　秋收图　35cm×68cm　纸本设色　2013 年

力放在这上面。因为我觉得我主要的贡献不应该是在材料和纸上、我对线、形，对古典的感悟不是学习来的，是直觉，它在我骨子里，所以我不需要去通过这种形式来磨合传统和当代。

白谦慎：很自然地接上了。

李津：我骨子里是喜欢仙风道骨的东西的，只不过在今天这种时代、这种制度下，表面形式上变了，其实你骨子里追求的还是魏晋风骨。我认为无论怎么走，那种高端的境界是这样的，我也不会像八大那么清冷、理性，我更喜欢的是很泼洒，我看徐渭、梁楷和傅抱石。我喜欢他们，其实他们这几个泼墨的人，一个比一个心细，你看的泼的是效果的东西，其实画里面有计较和纠结。

上次龚继遂让我选几个对我有影响的艺术家，我说是贯休。最初的时候，因为没有看到贯休，刚开始喜欢陈老莲，陈老莲的画面有形式感和装饰性，但是我一看到贯休的那种力度和苦涩感，包括张力，感到陈老莲弱了。再看西方的时候，看到凡·高、莫迪尼阿尼和贯休的对应，很自然的联想到林风眠，林风眠的优雅在傅抱石那儿看不到。他画女人，有吴道子的影子，他的用笔特狂放，但是一点不燥。所以我感觉中国的水墨画，会慢慢地回到这种笔性的锤炼上来，其实好多形式都可以淡化的。我们所说的形式也已经是现成的了，每种形式拿过来都可以，中国就是这样很自然地一棒接一棒，谁也不是故意学谁，几千年脉络下来的。你说哪个画家没有脾气，哪个画家不想造把反？但是难道说背了唐诗就毁了你了，不太可能，就看你怎么用了，你有可能觉得现在活着没那么诗意，就觉得写诗太胡扯了，不写诗不就行了。当然有的人就觉得幸亏背了那么多诗，解决了那么多问题。所以画也一样，形式、材料真的就是柴米油盐，是炒菜的一些佐料问题，最重要的还是你怎么去炒这盘菜，炒菜的那种专注度和创意感。如果你全都讲佐料了，可能就会忘了你是要炒一盘好菜。

四、性与爱

白谦慎：你经常讲画画跟你的生活的关系，你画你自己和你身边的女人，不是很多画家会这么画的，涉及隐私也好，色情也好，那么你有没有听到一些别人的批评？比如说题材。

李津：首先我们家人就反对，因为我母亲在教委当官，她是大学生，为人师表，她怎么能允许我画男女的题材，我们家族教育也不是这样的，可以说父母对我的教育跟色情无关，而且他们认为气节的东西不是这些东西，所以他们从最

李津　草堂图册　38cm×43cm　纸本墨笔　2014 年

早的时候就反对。然后学校也反对，当时有人问李津是谁啊，“哦，就是画春宫那个”，当时已经给归到春宫那一类了。问我：“你画这种画敢给你妈看吗?”我当时跟他们讲，我说我不是色狼，我喜欢女人，我敢用喜欢两字，我跟好色不一样，因为喜欢女人你是把女人放大了，甚至我画的好多女人不是很漂亮，在生活中有些女人也不漂亮，但是只要是女人，我是有一种仰慕的，所以说实际上我自己主动选择这种题材，喜欢画女人这种载体。

白谦慎：确实在我们传统的画里面涉及这一方面恰恰都是和春宫有关的。

李津：其实我很少画那种非常暴露的性爱场面，我的画基本都有遮挡。其实从审美上我还是觉得有点遮挡有意思，所以我的画中经常会出现端庄的人群中间突然有一个女人，这个女人的裸体不是模特摆姿势，而是活在这群人中，所以她不色情，她不会让人感觉反感。

白谦慎：在西方不存在裸体这个问题，但在中国的语境当中就不太一样。

李津：现在有时候我不画这么暴露了，好多人就觉得这不是李津了。我画了一些素雅的小画，他们说这肯定不是李津。我说你们还是饶了我吧，因为我的画就是我的生活，我要天天吃着伟哥做爱去？人到一定年龄，内心里面不一定追求天天大酒大肉、睡觉搂着七个八个姑娘，这样就不正常了。还要反着生理状态去渲染这个东西，你觉得真实吗？所以我就告诉他们，如果喜欢李津这种情色的东西，赶快抓紧，我很有可能过段时间就画不了了。各方面敏感度的下降还有对女人的需求，你赞美她是因为你需求她，你有一种渴望在里面，你没这些东西了，是另外一个感觉了。到那个时候接纳不接纳我画素面的东西，我不管，但是我一定要画。

白谦慎：很多人还不太接受这些作品？

李津：很少人懂，喜欢的人真喜欢，还不说老百姓，艺术家都很少能接受。

白谦慎：不太被接受，那没办法，他们不要就自己留着是吧。

李津：那当然，我不会因为市场而轻视这些作品。但是现在有一个问题，就是画家有责任去干预市场，用你的艺术引导买家。当然你走这一步会有危险，很多画家会有杂念。其实你从不入流走到今天被人接受，你已经有很多干预市场的成分了，那你后来能不能再继续努力去干预，这是一个难题。

白谦慎：就像刚才我们说的，你爱要不要，做到这一步。

李津：是，就是说你内心得强大，自己对自己有信心。

白谦慎：自信心，一个是强大，一个是怎么安排自己的生活，做到这一步了，就不会出现太差的局面。如果没有战乱的话，中国出名的画家其实没有一个会被饿死的。

五、画家字

白谦慎：你画面的题字也有很有意思，你会起稿子吗？

李津：当场写，肯定不起稿。行气也是很随意的，大小也不规整，有时候写歪了挤不进去这个字就小，有空的话，字又大出来。

白谦慎：你会根据已经很熟悉的内容来写吗？

李津：也不完全是，我写的内容是有选择的，比如我画菜的时候，大部分的文字都还跟做菜有关，比如抄菜谱或者饮食评论，比较抒情的时候可能抄点佛经上去。

白谦慎：所以基本上你的文字和图像还是有一定关联的对吧？

李津：对，就题我的画，比如画两只蝴蝶，这是首特别流行的歌，当时非常流行上口，我的画也会有一点这种感觉。所以我认为现在喜欢我的人多了，有很多原因，比如就像在以前，喜欢二人转的不多，后来有了赵本山，现在二人转也可以上春晚。我自己骨子里是很喜欢这类的东西，画的时候也不由自主地流露出这种黑白的关系，字越单纯越强调笔形。

白谦慎：即兴的书写？

李津：完全即兴的，我没临过帖。我主要是根据需要去看帖，比如，我觉得哪儿写得不舒服了，我会去专门看一看古人怎么写，但我不会去临摹。

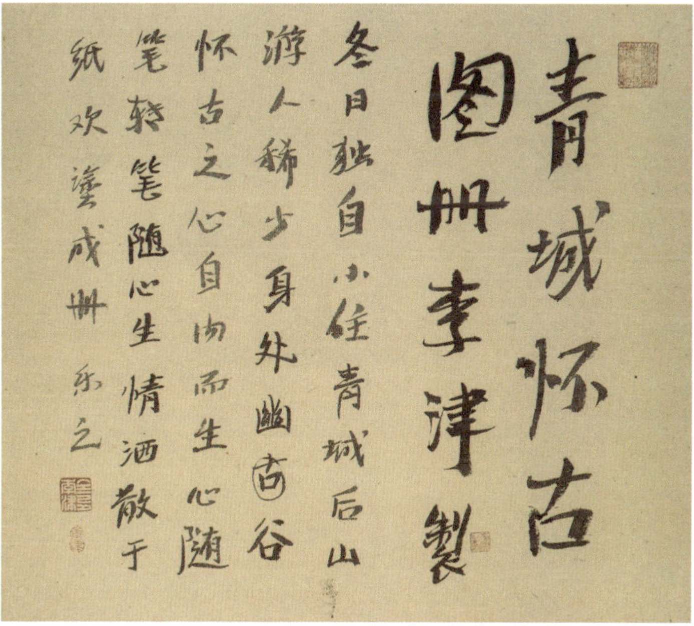

李津　青城怀古书法　38cm×43cm　纸本墨笔　2014 年

李津　听松图　35cm×137cm　纸本设色　2014 年

陈丹青、田黎明、李津、刘庆和、武艺谈话录

时　　间：2008年11月

地　　点：阳光上东一咖啡屋

文字整理：邓馨

关于当代“水墨”的定位

陈丹青：你们几位为什么要找我谈“水墨”话题？

武艺：我们感觉您对“水墨”有个人独到的看法，所以想找您谈谈这个话题。

陈丹青：我一笔水墨也不会。我对着董其昌画册“写

生”，但那是油画。你们几位画得很轻松、很随意，造型能力强。我以前不知道刘庆和的作品尺寸，在双年展看见了，这么大！很难得，可是你画起来像玩儿似的。

田黎明的画我比较早看见，很淡的墨，讲诗意。李津该算彩墨吧？大量日常生活细节都能搁进画里去，还有女人和他本人。

去年我在今日美术馆书店买了一本武艺的画册。我也很想来这样画画，没负担，很开心。我画画太严肃。你们和江苏画院那几位都画得很开心，能力又强。学你们的人肯定很多，中国是画出一个路子就一帮人学，但总不如，学不像。

我的问题是，为什么你们心甘情愿把自己想成“水墨画家”呢？如果你们在德国，可能被称作新表现主义画家，在意大利，可能被称作“新绘画”。这些欧洲当代画家和你们有点相似：造型很自由，画法很率性，既不很现代，也不很传统。画面有叙述性，甚至有点可以解读的“故事”。可是在中国，这样画就给框定在“国画”呀、“水墨”呀这些话题里，不好往下说。

其实你们和方力钧、岳敏君他们在做同样的事情。他们固然有不少符号，但全部来自当代生活，主题是活的，但你们画同样的主题，立刻给塞到国画、水墨之类的话题，昏天黑地地

李津　一杯酒一根肠　40cm×45cm　纸本设色　2013 年

谈，我看不到讲出什么道理。你们这样画是因为这类讨论吗？你们的影响来源，我看是大范围的当代艺术。你们说是不是？

唐宋元明清不谈什么国画水墨之类，画家就按题材分类：山水、花鸟、人物、鬼神等等。你们不画山水，不画花鸟，南京的徐乐乐他们还画点暧昧的古装人物，可是你们画不折不扣的当今人物。

反正我不知道你们怎么想的，你们愿意把自己的实践仅仅放在“水墨”话题里面？

刘庆和：我觉得这好像是一个借口。当代艺术已经很“热闹”了，如果说不坚持水墨，反而有点站在此山望彼山高的感觉。但是，我们的考虑并没有单纯局限于水墨，实际上也是与当代紧密相关的问题。我觉得确实有些话语权是被西方的强势文化占据了，使得当代不知不觉之中，就成了现在的当代样子。水墨所处的位置并非是被动从属的位置，而是水墨群体的无意识和对当代文化麻木的状态所形成的劣势。

陈丹青：水墨和传统国画其实是两个概念，比如说你们想做水墨实验，重要的不是水墨，而是“实验”。问题是这种实验跟西方的“实验艺术”是什么关系？“八五”运动后，很多人用水墨工具表达所谓“观念”，谷文达最早，我记得还有人把真实的桌椅做装置，全部包裹有墨迹的宣纸，观念是西方的。

另一路国画家走很传统的路子，我认识像清华美院张仃的学生邱挺，还有大批这样的水墨画家，也不能叫作复古派，但他们试图跨越革命国画传统，回到清以前的道统，至少是他们认为的古典道统。你们几位，要我看，第一，是人物画家；第二，是当代艺术。很简单。工具虽然是水、是墨，但一件作品那么多讯息、意图，仅仅用工具来定义，不觉得奇怪吗？当然，围绕水墨两个字，各种理论就会围上来，涉及美学，涉及美术史，等等等等，油画就不会有这问题。我从来没见过一群西方人谈论一组创作，关键词是“油画”。

我喜欢水墨画。我认为全世界最好的绘画是中国的水墨画。当然，我指的是古典作品。但西方人物画传来后，国画家就有点“怂”了，开始自卑，好像不如人家。可是我看了大量中国古典人物画，非常了不起，从顾恺之开始就起点很高。不应该去和西方那个系统比，那样一比，就用了人家的标准，就会自卑。

徐悲鸿那代人开始国画革命，把西方素描和造型系统引入国画，改造国画，的确使水墨人物画有了新意，但中国人自己画人物的一整套美学、技法，逐渐失落了。1949 年后，国画也好油画也好，人物画变成革命画，国画革命变成革命国画……国画的内在规律被破坏了。今天回过头看，国画革命的那些人物画，还是比不过古人。你们认为比得过吗？比顾恺之好？比武宗元好？比李公麟好？我看比不过，远远比不过。但问题是古人那套，画古人好，画今人不好办：你怎么用古人那套画西装，画时装，画小汽车？西方人也有同样的问题：文艺复兴画耶稣那一套办法，怎么画现在的西方人？所以西方油画也一路在变。世道变了，绘画一定跟着变。国画革命后，也出过一些了不起的画家，蒋兆和、黄胄、卢沉等等。五六十年代出过一些天才，但是画政治内容，政治宣传。“文革”后，现代主义冲进来，国画又被冲乱了，无法确认自己的文化身份。到你们这代，决定画当代生活，画自己的感受，我认为你们超越了解放后的新国画。油画是占了画种的便宜，天然属于“当代艺术”，但意大利人或者德国人随便怎么玩儿，他们不会问：这是油画还是国画。只有中国人这么想。李津你画你的女人啊，蔬菜啊，鱼肉啊，火锅啊，多活泼，你不用怕当代艺术，不用怕西方，你想画什么就画什么。

李津：我们都被外界贴了水墨的“标签”。我是从一开始学习水墨就知道学习国画比学西画有优势。从接触水墨材料，欣赏到国画原作的机会多，再到师承关系，这些无不证明学习国画成功的可能性比学习西画更多一些，更方便一些。

陈丹青：是啊，这是我们的优势。传统国画有你特别偏爱的吗？

李津：我的学习方法不同。我自己脑子里有很多自然图式，天津的老先生们则对我有很多传统国画的影响。

陈丹青：一提起水墨，就要说到“当代”和“传统”，这俩词是一对冤家。我的意思是我们能不能超越这套话语？我定义你们，就是当代人物画，这个定位明确后，所谓水墨问题反而好谈了。从题材看，从所谓当代性看，你们超越了黄胄、周思聪那一代人，黄胄、周思聪他们超越了明清那一代人。明清画家在当时也是“当代画家”，陈洪绶是当时的“前卫”画家。任伯年在他的年代，也很“前卫”，可是到了共和国，他们就成了古董，过时了。

中国水墨人物画在明清以后的处境不如唐宋。那时人物画被山水画压着，山水画最雅，最有才华的画家都画山水画，宫

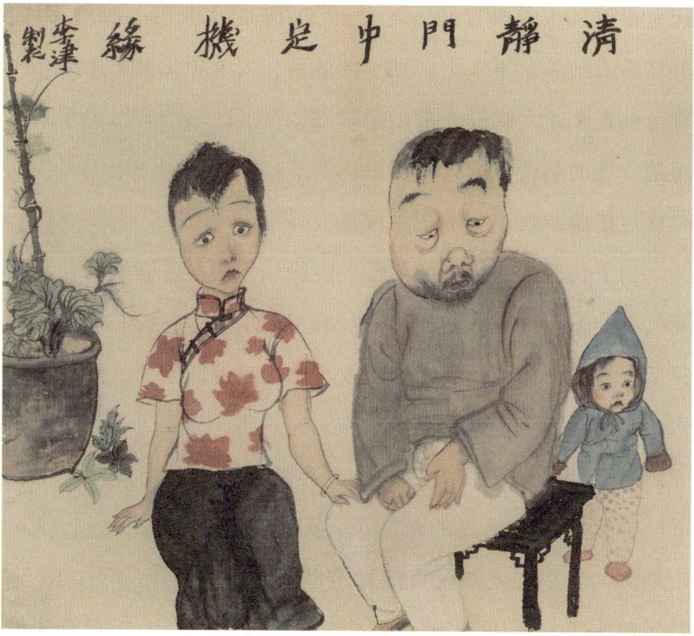

李津　清净门中定机缘　38cm×43cm　纸本设色　2014 年

廷里很好的人物画家画《乾隆下江南》之类长卷，画得多好，可是不入画品，不入史。到了解放后，人物画又被革命内容压着，画几个工人农民，被抬得很高，变成政治内容，山水画反而是“反动腐朽”的画。所以从明清到现代，中国水墨人物画一直被扭曲，找不到端正的位置。

到了我们这一代，像江苏画院徐乐乐那批人尝试“新文人画”，但他们不是“文人”，他们的聪明才气是画“人物画”，只是不再像革命国画那样画工农兵，而是返回明清，画才子佳人。北京略晚一步，也有不少人画这一路。

朱新建是画“时人”的先驱，日常世俗，短裤衩、小胸罩……表象上看他画的是情色，但他打开一道门，既告别革命画，又告别文人画，直接肯定世俗性情。到90年代初，你们玩起来了。我不知道评论界怎样看待你们。为什么不能像古代那样用题材分类：人物、花鸟、虫草……也可以按宋元明清、民国、共和国、改革开放分类。每一个阶段都有几个杰出的画家。全要用水墨两个字谈，你怎么谈得开？

譬如李津画你的日常，画一个性感女人，穿件小花袄，肉乎乎的，和你买菜做饭睡觉——过去几十年没人这么画过。古代是有这传统的，不入庙堂，不入文人画家的眼，可是春宫画去掉性交，其他细节丰富活泼，很日常，江南许多水印版画有这类传统。解放后这一路断掉了，于是画工农兵。其实你现在画的才叫真正的“人民”——画我家、我老婆、我爱人、我儿子……凡是古老的画种，只有找到新的、没画过的素材，它的语言就可能创新。武艺的国画类似野兽派一路。你把国画顺到油画里，又把油画顺到国画里，是“两栖动物”。

我一直留心看当代艺术。评论家怎样评价你们？你们有没有自己对自己的评价？多数评论家不太会看画，也对绘画没多少真实兴趣。刘庆和你被选上双年展，恐怕是为了搭配，装置有了、现代雕塑也有，再配个弄水墨的，是不是这样？

李津：策展人还是考虑有宣纸的作品。

刘庆和：现在我对评论家不敢太信任。把那么多的赞美往一个人身上砸，实际上是和被砸的人有仇，自己还美呢。评论家把自己说得不好，我希望听者别信，说得太好了同样希望大家别轻信。潜意识里也就是希望大家知道有人在关注我而已。到底是谁乱了呢？我们自己也有点乱。一件作品的产生之后是理论家的学术定位和杂志的版面以及展览场地等等，几乎就是一条龙了。这种状态的维持都离不开虚伪，久而久之，这也就算是学术了。

李津　青城册页之野老已歌　38cm×43cm　纸本墨笔　2014 年

陈丹青：策划当代艺术要找话题，找说法。“都市”是个时髦说法，你们画的都是都市人。过去我们那个时代，城里人必须画农民，现在是城里人画城里人。城里人画自己最亲最熟的生活，很应该啊。

李津：界限宽一些。

陈丹青：当初新国画的目的是画现实生活。江丰反对旧国画，他说为什么不画人物画？不画现实生活？这句话没错，但当时提倡画现实生活，弄到后来其实是要你画革命宣传。80年代后国画界自觉平反了这件事，和民国接触上了。民国时期，徐悲鸿提倡的也是画现实生活，画新生活，画新人。那是五四陈独秀一派的主张。80年代，新生活，新人，真的进入画面。此前像李津的短裤衩、小妞是进不了国画的。田黎明的画不太一样。你画里的人是没有文化属性的，抹去身份的，你的水墨画和他们几位不一样。

田黎明：我想人物画，有一个最大的特点，它传承中国文化的时候，它是借题发挥，它借用某个人物，但它反映的并不是这个人物的本身，而是反映人物背后的一个空间问题。比如说画女孩，乡村女孩，反映中国文化里面强调的“自然”，或者说人在自然当中的一种恬淡心情。我觉得中国画具有意象的特征。在人物画里面，传统文化非常宽大，而当代文化中，都市文化也是非常重要，那么都市文化跟传统文化如何衔接、怎么转型，这是我们需要解决的重要问题。这里面涉及文化空间、人文空间，例如人在生活中的态度，人在自然中的态度，人与人之间关系等等，这些前人已经都界定得非常完美、非常完善了。但是现在改变了，有很多东西是错位的，比如刘庆和、梁占岩、李津、武艺画都市人物，我个人觉得，有时候他们的画有种错位的感觉。我也想找到跟传统文化空间有接近和衔接的地方。当代画家困惑就在于，笔墨的问题放到了都市文化里面来解构的时候，笔墨本身需要有一个转型的方式，如何能够让人物画具有当代性意味，有当代人所感觉到的生存状态，同时也能够包容传统，这两者在协调的时候会出现矛盾。比如说人物画的造型问题，它受西方文化的影响，但是造型里面，又涉及水墨和中国画，再深入就涉及文化问题。于是造型就要跟文化相连。如果光是用西方的造型，必然缺少了中国文化的理念，那么造型也会出现问题。这是我们现在在教学、创作当中都遇到的矛盾课题。同时也必须用中国文化的思维方式与艺术规律来化解这些矛盾。

陈丹青：你觉得有矛盾吗？

武艺：画画是个很自然的事，我自己现在就是这样的状态。

李津：现在好多艺术家对题材用的心思非常多。对我自己来说，画什么都没区别。我眼里的风景和人体很接近，她们都具有色香味，是鲜活的、生动的，实际上是一体的。题材只是一个方面，最后给观者看的还是你的热情、绘画表现方式以及你所传达的性情和背后的文化积淀。咱们四个人背后积淀的东西都不太一样，虽然都处于同一时代，但是感兴趣的东西却大相径庭，表达各自的世界观、人生观，各自的理念。既然是画人物画，当然还是在人物上花的心思要多一点，我们没把"人"作为一个纯粹的主题，这一点可能还是和西画中的人物画存在一点区别。

陈丹青：因为你找到了题材，所以你可以不在乎题材。如果限制你的题材，你怎么办？

李津：这是新课题，要真是好好限制的话，可能又进步一块。

陈丹青：在四个人里面，李津画里面的烟火气最重，全是人间事。你有一点点像刘小东，刘小东什么都画：卫生纸、烟灰缸、耐克鞋……以前这些都不入油画。

李津：我画的全是身边的东西。

关于中国画教学

陈丹青：你们策划的展览叫什么名字？

武艺："四门阵"。

陈丹青：我看你们好像还是喜欢谈水墨问题。

刘庆和：我本科是在民间美术系，后来到了国画系。先生们的教学方法是要我们坚持从传统的路上走而不期待你走出来。至于走到哪里，无所谓，反正路远着呢，你就走吧。而对学生来讲，学生没有自由选择学习方法的机会，不能选择适合自己语言的绘画方式，或者是从传统的方式直接进入或者其他。我们基本上是按照统一的配餐学习，教学大纲就如同这个菜系的菜谱，有板有眼地钉在那儿了。见到实在可怜的学生那好学的眼神，也就是添油加醋地有点滋味而已。我觉得这也是推动我按照我自己的想法画下去的一个动力，毕竟管理自己容易多了。

陈丹青：你教学生是怎么教啊？

刘庆和：我教学生基本上说得少一点。每当我把教学大纲贴到墙上的时候就看到旁边的考勤值日表，它们摆在一起主持着学术和正常的教学秩序，当大家心里也都知道大纲是在墙上的时候，教学的责任也就自然落在了导师的身上。所以我在教学上基本是即兴而发，所以在总结评比时我是最没有话可说的。我这样做是和严格按照教学大纲的主导思想相悖的。但是在学生当中是有反响的。

陈丹青：你的风格很鲜明了，一眼就看得出来。

刘庆和：实际上我的内心是厌烦学生的作品像我的风格，我所讲的所谓个性化教学并非是像我的画风，而是在强调学习的空间和怎样利用这有限的空间。关上门自己可以膨胀一下，

李津　家山呀北望　38cm×43cm　纸本设色　2014年

李津　食色性也　43cm×47cm　纸本设色　2014 年

但有时也是不安，比如说学生特别学你的时候，画里面不好的地方会反衬到我的画，有的弱点被人家给放大了出来。

陈丹青：这没办法。我回国看到有人学我画西藏，我很沮丧。

刘庆和：话说回来，如果是我来主持教学，同样会出炉一个教学大纲，那么多的人在那里认真地又教又学，没点儿秩序还行吗？重要的是艺术教学不可能都是共性，也应该有个性的存在。

陈丹青：现在没有看到你展出的画，都是新的吗？展览只有你们四个人参加？

刘庆和：3 月份展览，现在还没动手画呢。这个展览除了我们四个人以外，还有二十来个年轻一些的学生，所以成为一个“四门阵”。这个展览的名字是范迪安先生提出的。

陈丹青：他们是你们的学生，还是社会上学你们的？

刘庆和：有些是有师承关系，也有的不是师生关系。大家都是画人物画的，多少年来比较偏向于当代。

陈丹青：你们的绘画完全是90年代的，新的，都有自己一套办法，很成熟。我觉得你们是非常好的人物画家，当代画家。再过一两百年看你们的画，可能会显得比现在好。可是再过一两百年看现在的山水，别说跟宋人、元人比，跟明人、清人比，不过是复制。就像庆和说的，根本看不出是谁画的，一个套路。80年代后，人物画家的造型功夫大有进步，你们几位，还有刘小东，可以说是中央美院教学的正果。现在学生不会太花心思锤炼人物画，画人物很难，再过十年二十年，人物画可能会越来越少，变成稀缺品种。

刘庆和：在教室里比如跟学生讲有关造型训练的时候，他可能会在考虑另外一个问题，他会很虔诚地想，我什么时候能够在最短的时间内像你这样。

陈丹青：对，希望快点卖画赚钱。

刘庆和：是的，比如四川美院大二的学生都已经有画廊跟他们签约了，衣食无忧了马上就产生榜样的力量，赶紧把它换成物质的东西。不受外界的影响、专门训练造型的学生越来越少。更多的是对于绘画符号的所谓标新立异，看还有没有历史上的空白可补，这些对大家诱惑太大了。比如动漫对大家的影响等等。有人曾经问我怎么看70后水墨画家？我个人感觉不是很积极乐观。我觉得，画面里散发出来的个人感受和气息不是很强烈，总会有些“影子”。70年代有一个总体面貌，他们能比较快地把握画面，但是画面里面流露出一种急迫地想在画里面找形象、找符号的迫切心情。我有这种感觉，如果70后要想在他的年代里超越其他，我觉得他们要回到传统中去，而不是非要面对中西方文化的接触。八九十年代这类问题就已经出现了，现在已经不是前沿了。他们成长的时代，外界的诱惑太大了，这是谁都不可避免的事情。

李津：实际上挺有压力。要想对得起这个词儿，一定是要受累的。陈老师认为理想的当代中国画应该是什么样的？

陈丹青：很简单：黄宾虹过时了，林风眠过时了，李可染过时了，张大千毫无疑问地过时了，徐悲鸿的国画也过时了——所谓过时，不是说他们画得不好，而是他们已经成为历史。他们的那种好，那种境界，不能够回答今天的实践，就像他们当年看破了历史，认为元人、清人的那一套，不能回答民国时期的实践。反而蒋兆和我以为不过时，我不认为他是个水墨画家，他是个伟大的素描家，是个伟大的现实主义人物画家。《流民图》不是国画，也不应该说它是什么画，它就是一件伟大的作品。还有，齐白石没过时，经过一长段历史，我甚至觉得明人、清人到现在还没有过时。我在国外看多了毕加索等现代主义，觉得他过时了，可是翻回去看早期文艺复兴，反而没过时，越看越好。

20世纪90年代和21世纪，应该出现新的人物画。但是这样的人物画出现时，被放到“水墨”话题上，这两个字能说清楚什么问题吗？所以我宁可用中性的词，就是：你们是人物画家。刘小东的贡献是：如果你要看当代中国，你去看他的画。武艺跟你们三个都不太一样，画得特别放松，照美术史的路数，属于野兽派一路，轻盈潇洒，热爱生活。

武艺：我现在担心，我万一不热爱生活，以后怎么办。

陈丹青：我喜欢武艺的图式。理论界划分得太清楚了，其实画画很具体，就是要找到图式。你们的作品里有很多“二

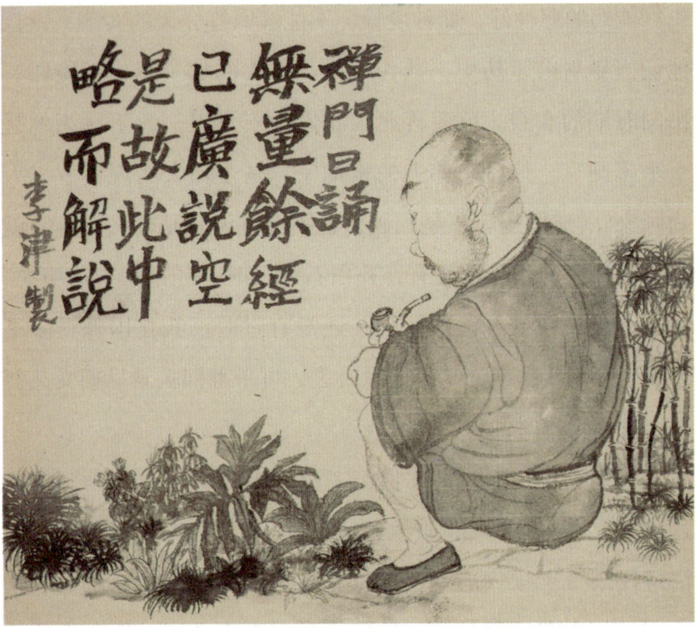

李津　青城册页之禅门日诵　38cm×43cm　纸本墨笔　2014 年

战”后西方美学供给中国的新图式。后现代艺术，或者说当代艺术，在语言上没什么好追求的，各种语言早就有了，能够周转翻新的就剩图式。你找到一个图式，你就成功。方力钧、岳敏君他们，无非各自找到一个图式，然后将自己的几个符号放进图式里玩，或者是光头，或者是笑脸，但油画跟国画区别在哪里？油画它太“正式”，它的源头是宗教，最早是给教堂、宫廷、贵族画的。到了现代，你画得再调皮、再开玩笑、再反讽，油画还是总有一种“正式感”，它要进博物馆。可是水墨画的渊源是文人，是中国文化私人教养的竞赛，闲情逸致，是戏笔，这一路西方没有。现代有了几位，譬如马蒂斯，他画《金鱼》，画女人，画静物风景，从来不画毕加索的《格尔尼卡》之类的大创作。但他是大画家。意大利的莫兰迪也是小题材小油画中的大师。

中国画追求雅趣、闲情，好几百年历史。新中国成立后被中断，改革开放后新文人画就是想接续这个断层。南京打头，然后慢慢来到北方的天津、北京，这一路传统又复活了，复活以后越画越大，像刘庆和的画简直大得惊人。

刘庆和：几十平方米吧。

陈丹青：我的意思是说，你们要自信，要肯定这条路，问题出在“水墨”这个词。西方从来没有一个群体，一个时期，有那么一群洋人坐在一起讨论“油画”，所以我反对中国的“油画主义”，油画不是“主语”，国画也一样。董其昌时代不谈水墨，你看老董哪句话谈水墨笔墨？宋人更不谈，“笔墨”被后人弄成一个问题，现在成了非常崇高的词，好像可以涵盖所有学术问题，我以为这是个伪问题。

武艺：每个画家个人对笔墨都有自己的认识，董其昌也有对笔墨的认识：“阴阳向背十分善变”，非常具体。

陈丹青：他讲的是“熟外熟”，还讲了“熟外生”，这才是要害。要是我对你们俩（李津、刘庆和）提意见的话，就是画得有点太熟了。我也很能画，可是我长期不画速写，不敢画，一画就会漂亮、准确、太熟，太油，没味道了。

武艺：刘小东现在也很熟。

陈丹青：刘小东的厉害是他那么熟，可是效果还很“生”，生气勃勃，而且经常有画错的地方。可是我又喜欢“熟”，喜欢精练的技巧。现在学生都不太会画画，真的很“生”，我也不喜欢。

李津：所以这又有矛盾，画国画还必须得熟，不熟的话这种功夫怎么来的，怎么练的？别人也会提出质疑的。

陈丹青：这就叫作“能品”。“能品”从前是带贬义的，如果评价你的作品属于“能品”，是委婉的批评。但是我对近十几年中国所有绘画有个希望，就是多出“能品”，“能品”很少见的。任伯年就是“能品”大师，件件都是“能品”。你们的底线已经是“能品”。

但“能品”的反面就是一个问题——熟。画一旦熟了，接下来的问题就是“油”。“熟”和“油”本身有快感，很好看，我自己清楚这种感受，所以很敏感。我的画大致属于“能品”，在速写里就油了，所以我停下来。不过油画达到“熟”还不太容易，“能品”很难的。

我看过李津的一个长卷，非常活泼。

李津：我画长的没问题，画宽就不容易。

陈丹青：什么意思？

李津：就是我画长卷，确实它有一个对款式的驾驭能力。在这个当代艺术里，尺寸其实也是一个潜在语言，它能带给观者视觉冲击力。画家选择绘画的尺幅是因人而异。我觉得刘庆和他画那么大的画就是一个贡献，对尺寸有一种占有欲，对自己有这种要求，也是一种力量。

陈丹青：你的画不大？

李津：我的画长，又窄又长，然后我也想画大，但是……

陈丹青：李津把大画当小画画了，庆和好像把小画当大画画了。

李津：水墨宣纸作品，画大了究竟有没有意义？刘庆和画得很大，“八五思潮”的时候，谷文达做的作品，就是把一个字用水墨冲一下，其实在当时他真正的震撼和意义，是对空间的占有。《西藏组画》画得不大，绝对不因为尺寸令它失去什么。我画过二十几米的画，我也能画一百米，即使无限制延长也都没问题，因为它属于一套规律。

陈丹青：展览的时候也是那么长给人看吗，还是一段一段看？

李津：我在西雅图搞过一个个展，当时西雅图展览方给我做了一个十八米长的桌子。因为我画的都是菜，然后旁边都摆着凳子，大家坐在那不是吃饭是看画。策展人把这个事当行为艺术玩。我后来又想，那个展览真正的创作是策展人，我自己只是做一个材料被他选中而已。我还是觉得尺寸是个问题，也不是个问题。中国的艺术家真正的沉重真不在于干某件事儿上，那种沉重实际上是内心的一种沉重。

陈丹青：你们几个人有没有这种沉重？

李津：他们保证都有。我们其实特别想的就是那么自由自在地画画。是不是就得画得累，才能造就出来人呢？

陈丹青：当代山水画我看得累，你们的画看着不累，很

李津　红色经典之红嫂救兵图卷　38cm×43cm　纸本设色　2014 年

李津　红色经典之红色记忆　38cm×43cm　纸本设色　2014 年

开心。

刘庆和：好像有人提出了“高原停顿”这个词。意思是整个水墨画到所认为的高度之后就停滞不前了，这是一个好的提醒也是一种担忧。我自己认同这个观点的同时也在面对着现实。事实是高处是指哪样的高处，我觉得如果是把古人的思路放到今天沿着它继续走的话，本来也就没有了高度。关于继续走的话题是我们每个人都应该想到的，也是一种责任。我们总在研究水墨技巧上的一点点变化，依此就能形成学术上的根本对立，看似两端，而实际上却挨得很近。这些问题还存在着。

陈丹青：这是实践经验的问题。这些年的趋势，画家越来越没话语权，批评家话语权又太大，而理论家的话语多数是空的，没有多少内容，这是困境。水墨画本身不是困境，目前的话语空间、市场和体制，是真的困扰。但是回到绘画，我觉得你们都做得很好，可能正因为外界的困扰，你们才会珍惜玩味自己的话语，寻找快乐。今天私下谈谈水墨，很快乐，但一到研讨会，一上杂志，就变得很严重。有好的理论家，但整体上，理论家没有为画家做出什么。我很少读到一篇好文章，令人豁然开朗。你们说是不是？

刘庆和：所以有的时候，画中国画就感觉有点累了。因为它这个传统已经非常完善、非常完整。在这个完整的文化传统当中面对当代生活自然产生一些困惑，与传统文化相融或碰撞，是一个非常复杂的过程。实际上对于一个画家来讲，真诚才是最重要的事情，它真正的快乐就在画的过程中，或者说是倾情投入吧。

田黎明：我觉得这是时代的特点。每一个时代，都应该有时代的经典作品出现，并载入画史，综观起来又非常清晰。

陈先生造型感觉好，画得特别有味道、有感觉，《西藏组图》的生活化，艺术感，已经成为一个时代精神。在当代有很多人达不到，包括我们现在都做不到这个感觉。陈先生您知青时期的作品，透出一种时代朴素的美感。

蒋兆和先生 50 年代的人物写生，每一幅都不一样。也是经过了写生，蒋先生这些写生却不同于《流民图》，它们都有着很微妙的变化，完全是从生活中观察得来。他有着很深厚的体验，他之所以每一个头像画都得这么细微，都能够感动你的时候，他的形式已经包含在其中了。形式、内容跟那个时代、文化背景、传统笔墨结合得非常好。

卢沉先生、周思聪先生在他们的写生里面，都集成了蒋兆

李津　江南行　19cm×28cm　纸本设色　2014年

和先生这样的文脉，画得既大气，又精微，它们也有时代特点，非常耐看、又很扎实，表现的时代形象感，我们都做不到这种感觉。这个时代的经济发展，社会结构的变化，人们常常显得很浮躁，这些因素对沃尔雅是一个要反省的过程。回到水墨画里，水、墨、毛笔，它需要有一种控制，在控制当中还要有分寸，分寸当中还要有自由，这几个关系一定要放在传统大文化里面去，否则就不知道往哪个方向走了。要从西方直接找，是不行的，我们不可能在宣纸上去画油画的感觉来……

陈丹青：你们几个人可能在人物画中回应了一个传统，这种传统类似中国的随笔、散文、小品。这是中国一直有的传统，就是游戏的传统。林风眠当时的贡献，就是在那个年代肯定游戏感。当然，他的来源不完全是国画，他不能算国画家，他继承了野兽派和一部分后印象派的传统，但他接上了中国绘画的游戏传统，包括从中国彩陶吸收了不少手法，有游戏感。黎明用墨的那种“淡”，还有李津、武艺的勾线，庆和的大泼墨，在我看来都属于游戏感，以前人物画里很少见，不这么玩是犯忌讳的，可是你们就这么用了。像冷梅、罗聘，他们的画都是游戏。

刘庆和：在水墨的精神和画面的延续上，实际上更多的是在学校里面体现出来一种传承。在我们这一年龄段上的人，没有能超越蒋兆和先生的水墨写生，包括卢沉先生、姚有多先生的水墨写生，那真是高峰了。中国画的写生与油画的肖像画写生还不一样，我觉得其包含的内蕴会更多一些。

陈丹青：你们超过他们了。我觉得水墨写生断送了水墨的性命，除了蒋兆和，因为我不把他当成是画国画的。徐悲鸿可能开始了一项错误，他认为所有绘画都要从素描开始学起，这件事情毁了国画。中国画是从一根线开始，从一个眼睛开始，从一个局部开始。这在西方绘画法则看来是错的，可是那套法则套中国绘画，也是错的。拿西方的素描写生法则叫你用中国毛笔画素描，毛笔和线条的表现力完蛋了，中国人那种看对象的方式永远失落了。我对中国画的态度很矛盾。一方面，我其实是用西方“眼”看中国画，因为我的眼睛已经西化；另一方面，我又是绝对的传统主义者，因为传统会自己纠正我的西化“眼”。中国画妙就妙在它不靠一五一十的写生，照样把人画得非常传情，而且非常像。譬如曾鲸，他画王时敏和王鉴，画他年轻时的肖像，多好啊！还有画董其昌肖像的那幅画，忘了作者名字，画得多好啊！根本不是写生，尤其不是美术学院那套

李津　江南行　19cm×28cm　纸本设色　2014 年

写生。就算写生，绘画可以有一千种写生的办法，绝不仅仅是沙龙学院那一套。

刘庆和：我是对目前的水墨写生很怀疑，水墨写生课教学的时候，从资料室借来一些画册和范画参照，努力形成系统教学，教学上早已苍白无力还要振振有词，大家都忽略了很重要的一点，就是这些老先生当时在面对对象时是怎样一种激情，而我们面对模特时看到了什么呢。

陈丹青：临摹才是对的。我一直想写一本书，就是不要相信“素描是基础”这句话，这句话是错的。我算是看了世界各国的艺术，素描绝对不是基础。素描只是文艺复兴时期意大利生发出来的一种方式，然后延续几百年，到18世纪变成学院系统，然后传到苏联，再传到中国——这是灾难性的。埃及人、印度人几千年前就可以把人和万物画得很像很像，像得一塌糊涂，完全没有素描这件事。一定要解开这件事情，不然中国画没有前途。中国画的没落就从素描教学开始。我非常尊敬徐悲鸿先生，但他要是看到他竭力提倡的素描后来给弄成这样，他一定很沮丧，就像陈独秀晚年批判自己早年的思想，他明白自己当年太偏激了。全面怀疑中国绘画传统是错的，但如今很难校正了。不废除石膏像写生，中国画不会有前途。可是考前班已经变成最庞大的队伍。这条路是走不通的。我当时在纽约听说国内“新文人画”起来了，很有兴趣。“新文人画”的称呼完全是胡扯，但他们的重要贡献是中断了“革命国画”的进程，然后跟清朝以前接轨，而国画革命的技术关节，就是西式的素描写生系统。

徐悲鸿开创的“国画革命”还能忍受，他的确使中国人物画多了一种可能，但后来的素描训练几乎取代了中国画最可贵的法则。现在一些中年画家又回到古人，但他们不再画古人，而是画今人。国画革命在他们身上证明是失败的，我认为是这样。可是在今天的所谓当代艺术空间，国画蛮吃亏。因为它的“定语”只是“国画”，只是“水墨”——用画种和工具来定义那么丰富的创作，我没在别的国家看到过。你们看到过吗？

禪語
寂淨覺常滿
圓明體性通
慧光恒朗照
道化久昌隆
素津於京都

李津　禅语　35cm×137cm　纸本设色　2014 年

李津　巴厘岛印象　19cm×28cm　纸本设色　2014 年

舌尖上的当代水墨

——《时装男士》对话李津

《时装男士》：你的作品有一个显著特征是：画人生之乐。这是你真实的生活状态吗？

李津：我肯定是总想高兴的人，希望日子过得高兴的人，所以生活对我而言是一个享受的过程。艺术是生活的一部分，你有什么样的生活，你就有什么样的艺术人生。

《时装男士》：你的画面里出现的人物都是丰满的类型，你的审美趣味是不是觉得胖也是一种美？

李津：也不是这么对立的，这是一个审美，包括画萝卜，画大白菜都是挺丰满的，我的审美就是饱满、丰盛。时代不一样了，在战争年代，长得特别结实的人，起码经饿，现在这个不重要了，也不是支撑人最本能的东西了，现在所有的审美和现实感的东西，我的理解是能够有统一的，也有对应的。

《时装男士》：有人评价说你的作品大俗大雅，你对这种说法排斥吗？

李津：不排斥，我特想当齐白石那样的艺术家，我觉得门槛一定要低，然后喜欢、参与你的人就越多，这个不好跟风，最好是真的，后来我还真有点感动，喜欢我的画有很多70后和80后的收藏家，这是我非常自豪的一件事。我觉得他们跟我们那一代人，对艺术的理解还不太一样，他们却能从我画里面看到很多高兴的事，调侃的地方。我觉得很有情趣，起码我不僵化也没有衰老，我一直希望自己就是一个桥，然而往那边搭的所有的道路都是刚开的花或者刚长出来的草，作为艺术家这点特别重要。

《时装男士》：成名之后，你现在对艺术的认识有变化吗？

李津：没有变化，比如我今天卖画是容易了，但是我以前都没想过这个事情，今天所有得到的这一切跟天上掉馅饼一样，当我所有的努力有了报酬的时候，我觉得这是雪中送炭，我的初衷不变。艺术家还是不要太受这些名利的东西所左右，比如说你太考虑人缘，太考虑大家怎么看你，怎么沟通，怎么合适，如果整天考虑这些的话，选择画画就没意义了，其实大部分选择画画的人都是能异想天开的人。

《时装男士》：我有一个收藏家朋友，刚花十几万块钱买一张你的“假画”，你怎么看待有人临摹你的作品？

李津：当我知道有人在一笔一画地临摹我的作品，无论当时造假的人是什么动机，我都有一种成就感。但是，还会有一种异样的不舒服的感觉，因为我知道对方不是我这样的人，我的画里有很多幽默感，临摹的人没有这种快乐的感觉，就模仿不了我的这种幽默。

《时装男士》：你刚才提到会有一种成就感，从什么时候起，这种心态开始有变化呢？

李津：后来发生一件事情对我刺激挺大，我有一个画家朋友，他拿自己作品换我的画，后来他拿给我看，结果画是假的。我之前一直认为，稍微了解我的人，都会分别出我的假画，但我的朋友就被忽悠了。这说明假画的欺骗性太高。很多人并非学画的，他们依据的就是对我图式的大概了解程度。因为我的作品造型有热点，所以他认为在这个特点的范畴之内他不细追究。

《时装男士》：那如何辨别你的画呢？

李津：其实我的画如果要是看进去，里边还是有很多的潜台词，就是所谓我细腻的地方，猛地一看的时候，好像寥寥几笔，实际上我里头有很多的细节。而且要看我的画，比如两张真画你要选好坏也要看细节，我还是认为细节的东西味道够，细腻处理的部分是真正代表我的风格的东西。

《时装男士》：你想过为什么有人要做你的假画吗？

李津：我发觉不管我的市场如何，做我假画的欺骗性很大。因为人们认为我是造型非常有特点的艺术家，最容易抓特点，比如说我造型的比例大头小身子，我特定的那种眼神、情绪，很容易让人一眼能记住，这个画得挺憨、丑乎乎的大脑袋，肉乎乎的人，从造型角度来讲相对容易模仿，只要把比例拉成我那个样子，把题材简单地模仿一下，题材上的特色很容易让人切进来，只要画这个，大家一想肯定是李津的画。

《时装男士》：你从什么时候开始觉得假画数量在增加？

李津：假画数量主要还是根据市场走。为什么我的假画有段时间特别多人模仿，第一，我有很长时间是跟海外画廊合作，在国内很少露面，而且2005年以前，我也不太注重宣传。

李津　江南行　19cm×28cm　纸本设色　2014 年

当时的画册都是画廊出的，并不对外发行，所以很多人就连看我作品出版物的机会都很少，看到原作的机会更少。很多人就利用这种信息不对称，造我的假画。曾经有个台湾画廊，给我发来二十张作品照片让我鉴定，我发现全都是假画，而且还有很大尺寸的假画。

《时装男士》：你现在最困惑的是什么？

李津：现在最困惑的是我们心中没“意”了，好多问题都出在这儿，难也就难在这儿，大家都在谈“写意”，工笔被简单化成一个技术问题了，工笔就是细，写意就是粗。实际上工笔和写意在过去都是写意的，中国人强调写意，写意是意向，意向跟现实没多大的关系，但是受它的影响，是对现实给你的影响力的关照。我觉得现在所有当代艺术谈的都是语言，语言就是一种形式，把形式作为一个前提，只要我提出问题，我就能成功，根本不看解决问题的能力和结果。但是如果到如今这个时候，甚至以后也是如此，包括藏家，所有关心艺术的人，都不会再关心艺术家提出了什么问题，这便是一种悲哀，因为现在的问题提得太多了，而解决问题的人又太少，我认为现在更是解决问题的时代，可以提问题，但是要对提出的问题负责，要有一个对应，要去解决它，这样你的能力才能真正凸现出来。如果连问题都解决不好，就很难让别人买单。

《时装男士》：你画美食，那你喜欢自己动手做美食吗？

李津：我做很少，因为没有时间，也没有精力做，但是，有时候下厨做美食会感觉是一种放松，做饭的时候要很投入。就像失眠的时候听评书，也是要投入进去才能睡着，听别人讲故事远比自己编故事要容易，编故事的时候就容易失眠了，好多失眠的人其实是自己一直在编故事，要让别人给你编一个故事，就简单了，听他怎么错综复杂，也认为是他的事，让自己编可不一样了，越编越精神。

《时装男士》：你一直画饮食男女，如果有一天想要换题材的话，想要换哪个方面的？

李津：我以后对山水花鸟有兴趣，可能就不画人了。人画到一定程度的时候，当他老了，他的感官就迟钝，比如说我所有的感觉是画我自己，可能也移情到一个小孩上，但是这都跟身体的评估是对等的，就是说一旦自己这种感官的东西越来越弱的时候，你可能更多地考虑精神的东西，或者有一种皈依，这个皈依不一定在人上，是另外一个东西了。以后我的画里还会加入时装的元素。

李津製
好花開放人人愛
好酒兒味美慢慢篩
好朋友無論貧富一樣待

李津　好花开放人人爱　35cm×137cm　纸本设色　2013 年

李津　青城册页之夜坐　38cm×43cm　纸本设色　2014 年

借用绘画滋养情境

——李津访谈录

采访时间：2001年6月27日

采访地点：李津在北京租用的工作室

访谈人：刘淳

刘淳：咱们这是第二次见面吧？20世纪80年代你去山西参加一个画家的婚礼，他是你在天津美术学院的同学，好像我们在太原喝过一次酒。那次人很多，怎么喝的、喝了多少、说了些什么话都忘了。今天再次见到你，感觉你一点儿都没有变，一脸大胡子将你的形象永久凝固下来。沉稳中透出一种潇洒和浪漫，当然，还有反思中的深沉与追求。

李津：谢谢，谢谢。你的记忆真好，你要是不说我都忘了。我是很早就从山西赴西藏工作的李彦平那里听到过你，后来又从牟森那里听到更多关于你的消息。有一次，牟森到山西找你，是在你家里过的年，在山西的那些日子把他喝得够呛。大年初二跑到天津来，大早晨下火车直奔我家，进屋就吐，说是在山西喝废了。我一想，准是在刘淳那里喝的。后来的很长时间，这家伙一想到酒或者一见到酒就吐。嘴里总是谁在山西喝废了。尤其是你山西的那帮哥们，个个都是喝酒的好把式。

刘淳：牟森言过其实，其实并没有他说得那样严重。我们这边有许多的东北人，东北人天生好客好酒，加上牟森也是东北人，性情相通，难免多喝。加上大过年期间，更是热闹所致。

李津：反正山西喝酒太厉害，你更厉害，一听就浑身发抖。现在一听你说酒我都在发抖。

刘淳：没那么严重吧。我听说你喝酒也很厉害。而且在上大学的时候就喝，喝完酒还打架什么的，挺有意思的。其实，这些都不重要，都不构成一个人好与坏的重要因素。我想说的是，一个人在他的成长过程中，有许多经历看起来不重要，但潜移默化地在起着重要的作用。一个小时候调皮捣蛋的孩子很可能长大以后很有出息，也许那些小时候学习好又听话的孩子长大以后默默无闻。在我看来，你小时候所做的一切“坏事儿”，可能都成为你今天在艺术探索上的一个动力。所以我更关注你今天在艺术上所取得的成绩。

李津：谢谢老兄的夸奖和赞美。你这样一形容我都不会说话了。真的不知道该怎么说了。

刘淳：在我差不多一年的集中采访中，你是我接触到的唯一的一位中国画家，我之所以选择一个中国画家并且选择你，是因为你和大多数中国画家完全不同，可以说你是 20 世纪 90 年代中国画界的代表人物，也包含着在“八五美术新潮”中你就崭露头角，并且制造了很多带有传奇色彩的故事成为美谈而让人捧腹大笑之后又百般思索。众所周知，大多数中国画家因为受传统等许多因素的约束很难有所突破，而你却不断地创造鲜活，为不太活跃的中国画领域增添奇葩，思想的活跃和天生的才情使你在中国画界和中国现代艺术领域成为一个出色的艺术家，因此我想请你谈谈这些年你在艺术上的思索和所走过的路程。

李津：非常感谢我是你采访中唯一的中国画家，说明我挺重要。（笑）你的定位和你所提出的问题非常有意思，过去曾

李津　江南行　19cm×28cm　纸本设色　2014 年

经有很多人包括批评家在内都跟我提出过这样的问题，就是说中国画走出传统、走向现代特别难，尤其是做当代艺术工作和研究的人都在思考这个问题。好比京剧，它是一个传统节目，你非要让京剧去表现我们现代人的生活或者让它也当代化确实是一个难题。因为这里面有一个负载，这个负载就是中国画有几千年的历史，底子很厚，从材料上看，笔墨纸砚的延伸在每一个时代按章法和材质还有多少可能性？这个问题我曾经想过很长时间。传统的中国绘画所解决的问题一方面是美学的，几千年来中国人在用绘画的形式表现自我的时候，他所寻求的境界是非常固定的，可能多少年都没有什么改变，而且对画家的影响也不大。在中国传统的绘画与现代相撞之后，就带来一系列的问题，简单点说画家在对待现实生活和身边所发生的事情的时候，如果再用传统的美学和传统的视角来看待和认识事物的话，我想对画家会有一种不亲切感。

刘淳：这种不亲切感是什么？

李津：这种不亲切感是针对我自己而言的，就是画家要描述的事情，是题材。其实题材对画家是非常重要的东西，但并不是所有的题材都可以选择。你生活的方方面面不可能在一个画家的手下全部反映出来，但你对什么感兴趣，什么东西能反映出你的思想和观念，这就是选择。我们回过头去看历史，很多作品的题材是跟着主题走的，所以今天看来很多作品都有一种世袭性。比如山水画和花鸟画，它要给你一个主调，给你一个情节，然后你在这里继续延续这些东西。而这些东西在每个时代的烙印只能说是非常直观的，是当时社会时尚非常微妙的体现，它不会面向主题的。就像考古一样，你不可能从纯绘画作品寻找器皿上的一些切入生活的变化。但你从“笔气”上可能找到，所谓“笔气”就是时代留下的痕迹，是那个时代流露出的艺术家情绪上的东西。

刘淳：你是一个非常有个性的人，生活中又是一个不守规范、自由散漫的人，在从事艺术创作的时候，你是怎样用传统的中国画工具来描绘你周围的生活和现实社会的？

李津：这个问题很好，可以说我更看中个人价值而不是什么神圣教条以及行为模式。所以对我不仅仅是有没有一个气息的问题，我的视角是只对生活，只对我自己。我认为这就是当代的，我就生活在当代，所以对我来说只要真实地面对生活、面对我自己。很多问题你就不必再去考虑和思索。就当代的意义而言，观念上的、语言上的或者艺术家批评家经常谈论的问题对你来说都不是问题，因为你本身就真实地面对生活，你就在这个生活的情境之中。当然，这里面还有一个如何认识的问题。在你的具体生活中，无时无刻地在渗透着一些东西，都是观念的折射。可能有一个问题，在水墨的语言里，前人对宣纸、对毛笔、对墨的理解和挖掘上有相当的宽度和深度，有相当丰厚的积淀，但这些东西并不是什么糟粕或者有害的东西。重要的是看你怎样学习和借鉴，前人的笔墨是文化的积累也是负担。比如我可以用水墨画电视、画电脑，这些都不是根本的障碍，但不是孤舟独钓、牧归之类。你要说什么，你要表现什么，这一点对艺术家特别重要，同时也标志着你到底属于哪一类的艺术家。因此我一直认为，直接面对生活，用毛笔去表现生活至少是当代艺术家的一种态度。所以几年下来，我给自己的定位是越来越家常化。

刘淳：怎么解释这种“家常化”的意义？它和“日常化”有没有区别？

李津：当然有区别，“家常化”是一种家常主义的概念，在我看来，“家常化”首先是家，有某种封闭的东西在其中，完全是一种非常个人化的。说到底就是把门关上来做我想做的事情。完全是一种自由的状态。当我把自己家的门关上，我在家里的喜怒哀乐以及所有的东西都在这里边。但必须是关上

李津　丝绸之路　38cm×43cm　纸本设色　2014 年

门，因为我是在自己的天地里。但在这个天地里还要细品，生活本来就需要你去细品，比如一日三餐，每天都在周而复始，如果你有兴趣或者特别喜欢的话，这里面一定有你好多的思考和无限的乐趣。怎么增添乐趣怎么减少烦恼都在这个特别简单的事情里。当然还有一个怎么把握的问题，所以我在作品中追求一种“家常化”就是这个道理。

刘淳：90年代以来，你的作品是以工笔和写意两种方法进行，而且你所描绘的大都是城市人休闲和慵懒的生活，你的描绘是不是有些自言自语？

李津：如果我给自己的作品定位为“家常化”，肯定是自言自语状。因为你是在关起门来做事儿，而且还有许多是属于隐私的东西在其中，完全是进入一种自娱自乐和不关别人的事儿这样的创作状态。所以身边的俗世和个人生活的场景以及相对隐私的空间是我笔下主要描绘的东西。比如《能吃就吃图》，就是人的生命的基本要求。古人讲“民以食为天”，这里边也包含着“能吃是福”这样的传统观念。我这个人平时特别喜欢吃，喜欢吃就要自己亲自动手来做，做就得去买。我一直在想，要达到这一步也需要一个画家的境界，尽管都是一些琐碎的生活或平庸的现状。

刘淳：我能感受到其中的乐趣，但有一点，在整个当代艺术领域中，这种“家常化”会不会影响你思考上的节奏和速度?

李津：这是我特别反对的东西，尤其是科技的发达之后速度的提高，人们都在追求简便，所以我认为人们不应该追求这种速度和简便。原来认为的比较复杂化的东西是特别能延长和扩展空间的，延长空间本来就是虚的，是对生命空间的延长，对你的视角和你要描写的东西的延长。特别是市场环境下的中国人，正在迅速改变着自己的价值观念和生存态度。

刘淳：你的很多思考都有一种哲学的深度，那么，在中国传统绘画处在当代社会这样的情景中时，你又是怎样的视角和态度呢?

李津：这正是我要说的问题，其实和上面的话题是一个道理，在我接触的许多当代艺术家中，他们的作品同样也是在揭示这个问题。实际上都是尽量地提高自己享受空间的能力，即使对速度和空间有一个要求，也是在增长这个东西。所以作品中展示的那种所谓穿透力和宽泛性实际上都是在宣扬这种东西。它并不是一个尺寸和度的概念，也不是现实的、物质的空间概念。后来我仔细想过，其实前人也是围绕这个问题在做，而且前人的这些成果没有什么可厚非的。我打个比方，你要在山林中修行，这不算本事，这是空对空的一种东西。要真的修行你就应该在世俗当中，在世俗的喧闹中去领略空的境界。在嘈杂的环境中来梳理和清洗自己，这才是真本事。周围的环境再怎么乌烟瘴气，也得找个办法让自己静下来。所以这些年来在艺术上我从不参与造反或者任何反传统的群体运动，不管社会发生什么样的变化，我会始终用最传统的工具来关注身边的生活，对我来说是非常愉快的事情。

刘淳：这是一种当代境界，而且这种境界与古人有着根本的区别，当你在嘈杂中静下来时，你就有了“家常化”的状态，那么具体到你的作品上，你又是怎么处理的呢？

李津：追求鲜活。鲜活是我的特点和优势，所谓鲜活就是当你要做一件事的时候，已经把它当真了。当我拿起笔蘸上墨汁就要和宣纸接触的一瞬间，你必须进入一种极好的状态，当真了。所有你人性的东西、人气的东西你就拼命地注入纸上，你必须把你的状态调整到最佳的程度。什么叫鲜活？比如画一盘菜，如果它有色香味，有冒香的感觉，你想闻想吃，这就是鲜活。因为你追求的就是这些东西，以前有人说我就是画女人鲜活，其实完全不是那么回事。也有人在追求不鲜活，就不让它有色香味，你能说那是不好的作品吗？问题是你在追求什么，你要说什么，这一点特别重要，对我而言，我就是要追求鲜活。这并不是在刻意编故事，而是你多少年的积累，是一种感觉，是一种人生的态度。对待朋友、对待生活包括对待吃喝等等都是这样一种状态。

刘淳：我知道你在大学学习期间，曾接受过比较好的教育，我也知道你在中国画领域中是极少数的能摆脱传统束缚的艺术家，但我在你的作品中似乎又看到文人传统的某些影子。我想问的是传统中还有没有让你着迷的东西？

李津：我肯定地说，我对传统的东西不迷恋，这就是我跟同行最大的或者本质的区别。迷恋传统的有两类人，一是迷恋传统的技术，也就是笔墨，另一类是迷恋境界。可能这些人都不错，但他们的苦恼一定更多。迷恋笔墨的人更多的是一种学习的态度，借语言，借形式，包括借欣赏习惯等等。因为我不属于这类人，所以对什么优秀成果之类的东西也不太关注，就是说任何成果上的事情跟我没有关系。从现代艺术这个意义上说，可能我找到文人传统在当代的切入点。那就是“俗”，这是我个人选择的角度，也是我真切面对自己生存感觉的一种体现。

李津　千里之外　38cm×43cm　纸本设色　2014 年

李津　爱江山更爱美人　38cm×43cm　纸本设色　2014 年

刘淳：就是说你是在用传统的材料和工具来关注当代，关注身边的生活。

李津：没错，我现在所做的就是用传统的中国画材料来关注当代社会，关注我自己的生活。再一点，从学院派的角度说，传统是我学习的基础课，这种基础的语言的谁都摆脱不了、谁也绕不过去。其实也没必要绕过去，因为它不是什么错误。针对我个人来讲，关键是语言的建设，语言的建设在我这里就是造型的建设，这就是新的意义所在。

刘淳：据说你出生在一个高级干部和知识分子家庭，请你谈谈你的家庭环境和成长经过程。

李津：我出生在一个非常正统的革命干部家庭，父母二人均是 40 年代北京师范大学的学生，父亲曾任北京师范大学地下党总支书记，后遭国民党当局通缉，与母亲同往晋察冀解放区。1949 年随部队解放天津并留在天津工作。父亲解放初期负责天津市的统战工作，母亲开始做经济工作，后来负责整个天津市的教育工作。父母既是国家的高级干部，又都是知识分子，我就是在这样的家庭环境中长大的。父母共有我们三男一女四个孩子，我排行老三，所以又叫李三。我们家里没有搞艺术的，小的时候父母亲更多地要求孩子们好好学习，走正道。

艺术在我的心里只是一种个人爱好，对我影响比较大的还是性格上的因素。因为我们家对我的教育还是比较放松的，所谓放松就是不太重。所以我所处的这个位置不太被父母重视，由于在家中不被重视，所以小时候就喜欢一个人做事，喜欢把自己封闭起来，相当孤。原因是我哥哥姐姐的年龄和我悬殊太大，我和他们玩儿不到一起，下面的弟弟和我的年龄悬殊也很大，这就是我小时非常孤的原因。画画只是自己孤僻时的一种自我娱乐而已，就是说起点纯粹是自己没事儿找乐子。

刘淳：儿时的很多记忆是非常有意思的，那么你童年时有没有什么难忘的事情？

李津：小时候确实有许多特别有意思的事儿，六岁的时候，因为害怕而拒绝打死一只硕鼠使母亲失望，最后在母亲的威逼下，将还没有断气的硕鼠倒进百米之外的土箱里，从此受惊吓而至今恐鼠。十二岁的时候母亲平反，赴五七干校劳动。有一次与弟弟一同去探母，在田野上飞纵，把粪堆误认为土丘，一跃而入，弄得满身满头满脸是粪，后入丰产河洗净污臭。

我的小学是在天津市二十中附小读完的，那是一所高干子弟小学，大家都是干部子女，所以很多东西总是相互攀比，比谁家里的底子厚。那时我最大的愿望就是能穿上呢子衣服。大概我们家的底儿都让我哥哥和姐姐拿走了，什么呢子大衣、将校靴的，轮到我这儿什么都没了。所以我的愿望只是在幼小的记忆中用笔来画这些东西，把我所希望得到的还有非常羡慕的都画下来。这就是我画画的起点，后来就沿着这个起点一直走到现在。

刘淳：怎么开始喜欢中国画的?

李津：1974 年考入天津工艺美术学校染织专业，不久在北京白塔寺东廊下与表姨周思聪、表姨夫卢沉见面。对表姨创作的《长白青松》《山区新路》非常敬佩，就在这个时候对中国画产生浓厚的兴趣，从此经常受益于表姨的教诲和帮助。在她的影响下开始画水墨小品，应该说，表姨周思聪对我的影响是深远的。

刘淳：80 年代初期你到南京艺术学院进修一年，为什么不选择中央美术学院而选择了南艺?

李津：寻找能滋润我的养料，南京是新老文人画的集萃地，选择南京就意味着我已经选择了以传统文人画作为艺术起点的道路。一年中受到各方面的润泽。在进修期间结识画家朱新建，进而成为朋友，他对我的影响是很大的。从南艺回来后，画风有所改变，西藏的牦牛不再是我笔下唯一的记忆，江南淑女却成了我描绘的主要对象。

刘淳：从天津美院毕业后作为支边教师你到西藏工作一年，两种文化的碰撞给你带来的是一种什么样的感受？

李津：西藏这个地方非常独特，除了外部给人视觉刺激之外，整个文化还是围绕宗教展开的。宗教文化在西藏是非常强悍和丰盛的，这一点不仅仅反映在造型上，更多的是崇拜上。就我个人而言，在西藏待久了就发现自己和藏文化并没多少关系。第三次在西藏的两年中我几乎是一个开荒者，不卖画也不挣钱。那是我最轻松的两年，准确点说就是一个闲人。在那么遥远的高原上你完全可以不去面对当代的东西，每天除了看雪山、看草地之外，剩下的就是面对自我的一种精神状态。也正是在那样的环境中才促使我去思考许多问题，思考自己。什么是有价值的东西？要么把我自己献给佛，去画那些最丰盛的东西，为藏传佛教添砖加瓦。要么就把自己洗出来，去寻找你个人的价值，为自己的理想添砖加瓦。这是一个非常重要的转折，从西藏回来后一下子就转到特别生活化的创作状态中去了。

李津　江南行　19cm×28cm　纸本设色　2014 年

李津　欲洗禅衣未有尘　38cm×43cm　纸本设色　2014 年

刘淳：等于你是在雪域高原上找到了自己？

李津：身值雪域高原，在不同文化和民族这样的情境中你必须去思考该怎么办，必须要找到自己的位置，找到自己的价值所在。我前后三次进藏，加起来长达近四年的时间，所以我觉得描写自己才是最真实的，这是一个特别自我的环节，后来我发现很多所谓的玄妙其实就在最简单之中。比如我画洗澡，不就是洗来洗去吗，所以我的提款也是“洗来洗去”，很多人问我说是不是太深了？其实太直白了，就是字面意思本身。特别本来的东西其实包含的东西已经满了，你再去挖掘只能是另外的东西了。

刘淳：什么原因促使你选择了西藏？

李津：那时候很简单，凡·高的《渴望生活》对我们这一代人的影响和刺激实在太大了，还有高更的《月亮和六便士》，认为如果没有离奇的生活和经历就不可能有离奇的艺术家。我从小基本上没怎么离开过家，到西藏去也是为了寻找新的生活，摆脱那种太多的关怀和太多的管制。可能我和其他人不一样，因为我已经有一个非常好的工作，难道还有比在美术学院教书还好的工作吗?！而且这种援藏是我个人强烈要求的，是没有任何条件的。

李津　兰草图卷　38cm×43cm　纸本设色　2014 年

刘淳：从西藏回来后感觉怎么样？

李津：就个人而言是真正地独立了，因为我去的时候是没有任何个人目的的，并不是回来后要换个工作环境或者提拔个官儿什么的。我记得去西藏的时候，整个天津市的援藏动员大会是我母亲讲的话，那是她讲得最好的一次话，很多人都非常感动，但我知道很多话是对我说的。母亲的那次讲话对我的影响很大，因为我平常是个放荡不羁、特别散漫的人，所以我说在西藏的一年使我养成一种独立的人格和精神，这个情节非常重要，可以说在某种意义上改变了我的人生态度。

刘淳：我在你的作品中还能看到一些西藏的影子，是不是还是有一种潜移默化的影响？

李津：影响是摆脱不掉的，毕竟在那里工作和生活了那么多年，况且我的妻子是一位在西藏生活和工作多年的壮族人，这些东西对我都有一种潜移默化的影响。后来在我的作品中，包括语言上的和画的背后还是有一种西藏的痕迹，就是在纯粹的视觉上也有藏文化的烙印。我想这种影响可能摆脱不掉了，它在不知不觉中就会渗透到你的骨子里去，只是你怎样把握的问题。

刘淳：90年代之后你的创作受到国内同行的普遍关注而且

成绩斐然，说明你一直在探索中往前走，这种探索证明中国画的存在还是有可能性的。有一个问题我们不能回避，李小山早在十多年前写过一篇文章，他谈的是关于中国画的穷途末路，当时在全国震动很大，意见是两极的。十多年过去了，我想请你再谈谈对这篇文章的看法，或者说你认为中国画是不是真的走向穷途末路了？

李津：好像这个问题我还真的没怎么想过。我觉得李小山当时的那篇文章主要的冲击力还不是指中国画本身的穷途末路，关键是他指名道姓点了一些人，而且这些人都是当时中国画坛上的偶像和学术权威。他那么年轻的一个人在一瞬间就撼动了一种多年不变的力量，有些无法无天的感觉。后来人们将问题的焦点归结在是否穷途末路上，这都是一个幌子，如果他没有指名道姓可能还是另一个说法，一旦指名道姓就不是中国画自身的问题，而是有一个非常明确的指向。中国画到底是不是已经走向穷途末路不是谁说几句话就怎么样的事情，一个事物的生是要有几代人的努力和几千年的时间来反复验证它是否有存在的价值，中国画这种形式也不例外，同样是一代一代传到今天的，怎么到你这儿就给判了？你怎么就突然想给弄死？这是根本不可能的事儿，所以我想这不是一个谈论的话题。其实他真正想让人关注的还不是这个问题，不是穷途末路本身，而是触动一些人的利益之后的反射。但他需要借助一个话题，说到底也是在另一个角度操作自己。文章完全不是在谈论一个话题，而是一种争端。我倒认为中国画远了不说，从30年代到今天相对来讲不是消减，也不是苍白，而是空前繁荣。

刘淳：怎么解释这种空前繁荣?

李津：从中国画这个意义上说，包括种类和边缘的东西我们都已经接触到了，假如没有当代艺术对整个中国传统艺术领域的促进和冲击，在中国画中是绝不可能有这么多样式出现的，所以单从样式上看是空前的繁荣。就画家而言，从自身所建立起来的高度和宽度已经不逊于大师了。当然，衡量的标准还有一个你从哪个角度看的问题，尤其是人物画，以前还不是中国画创作的主题，而是所有的人物画必须为宗教服务，然后就是为贵族服务。进入当代以后，人物画就成为中国画领域中的主要样式，成为主角，方法与形式几乎是层出不穷。这个过程中也涌现出许多成事儿的画家，所以中国画不是一种穷途末路的形态，而恰恰是百花齐放的最佳时期。我相信这种势头还会继续推动中国画创作的向前发展。

刘淳：早在20世纪80年代中期，“新文人画”作为一种

李津　观花描影　38cm×43cm　纸本设色　2014 年

李津　酒阑人静暮春时　38cm×43cm　纸本设色　2014 年

艺术潮流曾经潮水般涌现过，今天看来，它的产生是对当时西方现代主义艺术冲击的应战反应，同时也是对近代写实主义水墨传统的逆反而直接向古代文人画汲取营养。在我看来，你是真正“新文人画”的典型代表，因为在你后期作品的语言模式中，我们清晰地看到了你是一个以笔墨情趣表达个人尤其是个人生活感觉的天才式的艺术家。所以请谈谈你对当时这种“新文人画”的艺术潮流又是怎么认识的？

李津：说它是“新文人画”，是就它只取文人墨戏的因素，而抛弃了文人的精神——高雅和淡泊，多少表达了当代人的生存感觉。很多人都认为我自己也属于“新文人画”派中的一个，但我一次都没参加他们的活动。我认为这是批评家归类的事情，其实很多的规定还不是文人概念上的东西，或者说已经远离了文人精神。我一直认为文人是一种精神，是一种生存状态，包括他看待和认识世界的态度。我倒觉得现在提文人画是在借助文人这两个字，甚至跟人都没有关系，更多的是一种样式。

在我看来，所谓“新文人画”有一个特点，就是不跟传统对立，这里有美学上的因素，也有形式上的因素。但我觉得更重要的因素是，文人是一种生活，文人是一种精神，包括他的处世态度和美学观点，也包括他的作品和一个活生生的人。这些东西在“新文人画”中涉及得非常少，或者几乎没有。所以我认为提出“新文人画”的批评家一开始并不想把它与传统对立或区别开来，而是要与传统的文人画贴近。就像民族工业应该怎么打造一样，必须用一个老的符号，如果你还用新的什么东西来打造传统的民族工业，那就大错特错。而且在“新文人画”中，身体力行的人很少。从某种角度来说，文人整个就是诗意，如果真的讲文人精神的话，那画家与现实社会永远是对抗的。如果你跟现实溶在一块你就不是文人，文人本身有一种对社会和环境的超越性。所以“新文人画”的概念是不对的，假如哪天再出现一个“新扬州八怪”就更不对头了。

刘淳：我倒觉得在你的气质中有一种新文人的精神，但我所说的新文人和“新文人画”的画家们完全不是一回事儿。

李津：我不愿意把自己归为什么，那不是我想做的事儿，如果我真的有什么新文人的精神，可能跟我的习性有关。这里有一个最基本的问题，我的题材确实远离传统，但我的艺术良心始终没有变，这一点不是任何人都能做到的。

刘淳：我们现在把话题再转回到你的作品上，刚才你说你在作品中追求一种“家常化”的东西，我觉得非常有意思，我想知道你的创作视角是如何进入“家常化”的？

李津：很简单，就是因为追求鲜活。我个人认为这种鲜活是非常自我的，很生活化的，特别关注感觉的东西。可能在天津熟悉我的人都知道我喜欢买菜，而且是天天提着篮子在街上转悠。篮子对我已经是一个符号，里面装不装东西不重要，重要的是它已经成为我的某种载体。可能哪一天我突然把篮子扔掉会发生什么变化。这次我来北京是喝过酒出来的，没来得及拿，否则我无论到哪儿手里都提着篮子。就是说我不拿篮子的时候可能特别不正常，我去大使馆办签证、出境时手里都拿着篮子。大使馆或者机场的检查人员什么样的人都见过，就是没见过出境手里还提一篮子的。

刘淳：为什么手里总是提一只篮子？是不是有意要制造什么东西？

李津：不是制造什么东西，最初是买菜方便，菜篮子嘛。后来有一天我提着篮子去看展览，其实就是去看展览，没有什么别的想法，但很多人被弄得特别紧张，认为我在做行为艺术。后来很多人总是把话题放在篮子上面，这倒给我一个鼓励。就像留胡子，开始你可能并不经意，可别人总在说这件事儿，我这人性格里有一种特别个性的东西，你不是老说吗？干脆我就这么做了。你能怎么样?！你还能说什么?！所以篮子也是这样，但我觉得拿得时间越长越是负担，它跟我创作的主题有关，就是一种家常的东西。

刘淳：中午我们吃饭的时候你说你有些信佛，这又是一种怎样的转变呢?

李津：这是多方面原因形成的，比如说我太太就是西藏人，我三次赴藏，在那里工作和生活了那么长的时间。其实很多东西都是在一种不知不觉中进行的，我觉得信佛可能有两种人：一种是极理性的，另一种就是极感性的。这两种人特别容易迷到里边去，极理性的人是从理论上寻找归宿，如果这种归宿非常简单地就被找到的话可能会给他带来很大的麻烦，因为很多的东西是超越现实的，如果从理论上探索他可能早就超越现实了，而佛教上总体的东西是离开现实的。所以你在现实中被迷惑就会越来越少，不管顺利与否都一样。可能我是在追求一种虚的东西，虽然在追求鲜活，但又在追求虚。这种虚就是一种感觉的东西，因为感觉的东西并不是实的，那么虚的东西只能是有一种意味就够了。佛却不然，它告诉你的话既是大白话，又是有意味的话，它会把一件事情限定得很死。所以有时候作为一个艺术家，包括我的这种生存状态都会有一种特别好

李津　花开随人意　43cm×47cm　纸本设色　2014 年

的定理，当你往佛龛上看一眼或者想一下就有了，好比自己被纠正了一样。所以在我的作品中，我希望有一种特别生活化的东西，然后那些空白的部分应该属于佛的东西。

刘淳：多少年来你始终是一种散漫的、玩儿式的生活状态，所以在你的骨子里有一种非常自由的东西。时代的变化首先是人的心理变化，那么作品的宽松与自如同样也是人的自由为前提。你是不是这种类型的艺术家？

李津：如果从我的作品上看，在中国当代艺术领域或现代中国画中，我的个人状态应该是非常松弛和自由的。松弛和自由并不是说你的技术有多好，而是一种自信，一种从容不迫。关键还是在做，如果你做得踏实，做得非常真，杂念少，特别真实地投入到一种状态中去，你就不会怀疑自己。这些年我始终在画，但我没有在名利场上闯荡，老婆孩子热炕头小日子还算不错，所以功利的东西一直比较淡。因为你没有更多的奢望，因此活得特别轻松。如果目的性很强的话，你无论做什么都会受到许多束缚。这些年我基本上是一种天真和把玩的状态，倒不是非要装成这种样子或者故意往这方面来靠，因为你热爱它，实实在在地喜欢它。所以我不可能不画画，也不可能停下来，一个画家有一天一旦觉得无聊的时候就不能再动笔了，那就意味着没什么可画的了，到头了。一个真正的画家的状态应该是不画画不行，不画画什么也干不了，只有画画才能觉得活着的愉快和舒服。

刘淳：“家常化”有日常的因素但又不是“日常化”，在生活中你又是一个非常“家常化”的艺术家，那么你在这种“家常化”中强调的是什么？

李津：作品的“家常化”和人的状态联系在一起的，你说得很对，在生活中我就是一个非常“家常化”的人，买菜做饭养花喂鸟过日子，其乐无穷。所以作品中的“家常化”其实并不是我在刻意追求什么，而是我现实生活的真实写照。有人关注中国社会问题，有人关注历史或其他什么，我关注的就是我身边发生的事情，是一种特别家常的东西。我对这些东西有一种无限的乐趣，或者说是一种生活中的自娱自乐吧。这些年身边有很多朋友，人缘也很不错，可能都跟这些有关。就是说活得特别充实，脑子里满满的，一点儿都不空。说到底都是生活最本来的面目，并不是你用什么工具或换什么方式才能怎么样的问题。

我经常问自己：你还有没有饥饿感？当你闻到炖肉的香味儿还有没有吃的欲望？就日常生活而言，滋味、触摸、香气等是人不能丧失的东西。这些年我不断地、一笔一画地做这件事，我觉得这个过程就很美。比如一道菜，应该放多少油、多少葱花，什么样的调料，香气达到什么程度，火候多大，什么时候出锅，可能描述的时候什么都不是，空的，但你听着特满足。画也是这样，当你铺开纸要画的时候连你自己觉得都没有乐趣，没有可炫耀或滔滔不绝的东西，那你在干什么呢?!

刘淳：没错，见其画如见其人，或者说见其人如见其画。我也能感受到当你回到家的时候的那种感觉，但更重要的是你还有一颗最平常的心，这是你保持良好创作状态的基本前提。

李津：看我的画，也许会有一种感觉，我所描写的，大多是平日的生活，是生活中的某些情趣和细节，多少有一些关起门来过小日子的感觉。比如，我喜欢外面下着大雪，屋中炉火正旺，煮上一锅肉，暖意拥身、香气扑鼻，那种感觉特别踏实。其实，在我们周围有很多东西用不着加以渲染，只需留意就很美了。越是平常的东西，越容易与人拉近，这正是我乐意表现的。我只是借助绘画这种形式来滋养情境，寻找快意。在当今这个求速度、讲效率的时代里，多一份闲情，就多一些乐趣。我喜欢简单的、透明的、轻松的感觉。

李津　难以开口道再见　43cm×47cm　纸本设色　2014 年

刘淳：多少年来，你炒菜做饭烹饪已成为大家赞不绝口的美谈，而且水平超人，怎么就有了这个喜好？

李津：首先喜欢吃，这是个前提，不喜欢吃的人肯定不喜欢下厨房。后来发现做的过程同样非常好玩儿，吃只是结果，但很多做的过程你根本不知道，真琢磨的话非常有意思。从做到吃这个过程给自己增加了许多满足感，这个道理和画画一样，完全是你自己一点一点调理出来的东西，追求是一样的。从某种角度说同样是一件作品。

刘淳：作为一名中国画家，十几年来你一直置身于中国当代艺术之中，从这个角度又怎样看待当前中国画的现状？

李津：如果从这个角度来审视中国画，我觉得有一点不太对劲儿，跟古人或前人相比，中国画里的那种飘逸、自然，还有整个发挥性或书写性、特别情绪化的东西没有了，跟笔端和纸接触、就是手感的东西没有了，或者说实在太少了。如果说中国画已经偏离传统的话，这些东西已经偏离传统了。所谓的传统是人们在自娱自乐当中体现美感和自己的心态，但我的追求肯定不是这样的。在当代艺术中，国画装饰的东西过多了，掩盖真实的东西太多了，整个一片花里胡哨，比较麻烦。中国传统绘画中强调人文精神，我想过去是这样，今天也应该这样。这种精神是应该永远延续下去的，只是在每个不同的时代中，画家应该把握什么的问题。

刘淳：在你的作品中，我从没有看到有社会批判的迹象，为什么不把自己溶入到这样一种潮流之中去呢?

李津：画画是人选择的一种生活方式，如果这个定义还成立的话，那么我的作品本身就有一种社会性在其中。在这个问题上永远有两种人，一种是进入，另一种是退出，退出的人也是社会决定你的态度。这样，寻找安稳、寻找自我满足就成了这类艺术家的精神追求。一个人突然在家里猛做饭、猛养花养鱼什么的你很难说他跟社会没有任何关系，其实我的很多的东西并不是主流的，或者说更有一种逆反的因素。

刘淳：我看得出在你的骨子里有一种真正文人的气质和精神，那么在当下的社会环境中你却在家里过热日子，是不是有一种逃避的心理?

李津：主观上应该有逃避的因素，就是说我对政治的厌倦可能跟我的家庭有关，包括政治上的态度也是一样的。从小看这些东西和听这些东西太多了，就是这样的家庭，已经有很强的逆反心理，所以我现在是有意在回避这些问题。所以我尽量不在这方面寻找敏感，比如我跟关心政治的艺术家在一起聊天谈问题，我一点都不比他们慢，但我不会去参与。逃避同样是一种态度。有一点我必须强调，作为一个当代的画家，一定要画得好，这是你作为画家的前提。语言上不应该有什么障碍。再一点是你要表达的欲望和热情必须充足，否则就很苍白。

刘淳：说明你非常清醒，很多国画家在不经意中就把自己推进一个死胡同。

李津：我看到很多的国画家都有一个非常危险的问题，他们很早就建立了一种模式，这还不是题材和范围的事情，而是把一种形式或者充电的东西非常稳固地放在那里，然后再去修炼别的东西，如果一个艺术家到了这种地步的话说明他已经对绘画和创作丧失热情了。假如我以后要是和别的画家有什么区别，可能也在这上面。我很难说今后完全围绕在一个语言方式和一种模式中拼命去锤炼它，变化是肯定的，但怎么变，变成什么样现在我自己也不知道。

刘淳：说得非常好，虽然你的年龄不是很大，可在言语之中有一种老谋深算，倒像个老江湖，察觉风云变幻，掌握逆水行舟。最近你在北京租下房子，是一种什么打算？

李津　惠东兄诗意　38cm×43cm　纸本设色　2013年

李津：就是一个属于我自己的旅店，住着方便。但住宾馆的概念和这种感觉完全不一样，在昌平我也有一个院子，也是常年不住，但我在天津的时候感觉我还有半只脚踩在北京，有一个空间的概念，从心理上说，我占领了天津以外的一片空间，这也是一种获得满足的方式。

刘淳：除了画画之外，你的爱好很多，花鸟鱼虫都是你特别喜欢养的动物，你怎么对这些东西有这么大的兴趣？

李津：可以说我是一个非常热爱生活的人，花鸟鱼虫加古玩我都喜欢，可能我好多的时间和精力都放在这上面了。所以很多朋友都不理解，说你是不是太勤快了，你什么都要，什么都忙乎，你不嫌累吗！这些年我的体会是爱好多不怕，因为所有的东西都在滋补你，都在影响着你的言行和思维。什么样的人做什么样的事儿，多大心量的人做多大心量的事，多少经历的人做多少经历的事儿。假如我花房里的一些花衰败了，鱼缸里的鱼突然死了一些，肯定是我的气场出了问题。

刘淳：你是一名大学教师，在你的骨子里又有那么多的现代意识和鲜明的个性，在上课时你用什么样的方式来教学生呢？

李津：每个人都有自己的思维和方法，我开始时不会先给学生灌输什么，主要让学生自己去画，通过学生的画的作品再去观察和分析他是什么样的人，或者他到底喜不喜欢画画。换句话说就是在启发学生应该怎么做，而不是给学生灌输应该怎么做。画画本来就应该有一个很宽松和自由的心态，不要搞得特别紧张，在课堂上我发现有些学生不喜欢画时，我直接告诉他你可以去做别的什么。因地制宜非常重要，教书在某种程度上不是学的艺术，应该是教的艺术，好的教师应该是引导和启发学生而不是去伤害他。这就是我与其他老师的不同和本质区别。

刘淳：多少年来你始终进行中国画的创作，那么你是怎样认识和看待中国自改革开放以来的当代艺术现状?

李津：我身边的很多朋友都是从事油画或观念艺术创作的，我跟他们在一起非常融洽。我在他们身上看到的许多东西已经不是画家范畴的东西了，很多画家对做事情的执着和做人的执着分离得非常好。很多艺术家首先确立自己是做艺术的人，然后再去做艺术。在这里人活得并不艺术，你还谈什么艺术?！其实他们也是很直接面对当代的，在他们看来，只有人获得成功之后，艺术才能获得成功。我想问的是人怎

李津　菊花台　38cm × 43cm　纸本设色　2014 年

么成功？通过什么成功？但他们更关注的还是人的成功。画家应该关注的是作品的好与坏，如果作品不行，人怎么能成功?！在有些人看来，人都不成功，那么你所外延的精神、智慧怎么才能成功？这是一个观念的问题。你的结果是什么？你的着眼点在哪里？在当代艺术中有很多人是直接追求结果的，省略了艺术家应该按部就班的环节。仔细想想其实也很不错，但我无论是做人还是做艺术都不会这样，我永远按我的方式去做。有朋友在谈论我时也这样说：只有这样涵养的人才能在家里切菜做饭。

刘淳：是不是你觉得有些当代艺术家虽然获得了某种成功，但他们在精神上活得特别难受？

李津：原来都说假大空这个词是个错误的，而且一直在批判它，其实假大空在中国当代艺术中是最具有原则性的东西，哪一个字做不到都会影响你在当代艺术领域中的分量。假大空是一种境界，分离不开的人你就假不了。有一天我会不会也这样去做呢？假如我在一间非常大的画室里作画，在那么大的空间里画画可能作品会是另外一回事儿了。这就看你需要什么。昨天晚上我跟北大的一个副校长还谈论这个问题，他希望当代人应该千手千眼，牛点儿，一个画家一辈子在案头工作可惜了，废了。你完全可以这样，也可以跨越时间天马行空。小有小的态度，大有大的气量，回过头来再看的时候可能都一样，只是大小之分。再说到根儿上可能连大小都没有了。所以我觉得有些问题不好多说或者过早下结论都不太好，因为你不在那个场里就很难说那个场里的话。说自己可能更明了和更具体一些，最好的办法是把自己看明白些，你究竟要干什么，这是一个标准和方向。

刘淳：有没有什么新的打算？

李津：打算暂时还没有，但买菜做饭，老婆孩子热炕头过热日子是肯定的。也许在这样火热的生活中会滋养出别的什么东西，那也是我希望的。

天凉好個秋圖

李津　天凉好个秋　35cm×137cm　纸本设色　2014 年

师古人，师造人

库艺术：您在参加波士顿美术馆“与古为徒“这个项目时，为什么选择了《北齐校书图》作为您的参照？

李津：波士顿美术馆藏有很多重量级的中国古典绘画作品，我最初知道这个展览计划及创意时，首先考虑的是选人物画，这是我擅长的。这次是我第一次看到《北齐校书图》，我一下就被那些留胡子的文人打动了，这些人的长相有点像我，我看他们挺亲切的。我喜欢画面热闹，有男有女，有吃有喝，气氛快乐，轻松。这些都是我所喜欢的，所以非常容易地决定选此作品。

库艺术：近距离地接触这张经典古画，您是否从中得到一些新的启示？

李津：戴上白手套把玩这件作品，才知道什么叫上手。好的作品是有生命、有人气的，而从印刷品里很难感受到这种气息。虽然作品已有千年之龄，但我感觉仿佛还是昨天，丝毫没有隔世之感。其实这幅作品尺寸很小，但感觉却非常丰富，静气逼人。尽管画的都是动中之人，可说一丝不苟。虽然很工但很松动。作者已修得笔随心转了。进一步体会到六法里讲的气韵生动和经营位置及古法用笔的含义。

库艺术：在美国的一个现代化城市，与一张中国古画展开对话，进行水墨创作，跟在中国创作时的心境、状态有什么不同？

李津：我当时决定在波士顿创作这幅作品首先考虑我本人不要离原作太远，要保持一种气息之合。我总觉得这些古画漂洋过海身处异乡，多少有些孤单寂寞。我既然选择古人之作为本作为创作理由，就有一种对话在里面，当然我最后完成的作品博物馆收藏了，和原件一同落脚波士顿相依为伴，我很高兴。在海外的艺术家有共同的东西，就是对文化归属感的思考更强，有点像思乡之情。如果说国内的艺术家就在近景观佛的话，海外的人则隔着大洋站在彼岸，渴望远眺东方站立的完整的大佛之形。我个人在海外创作，主要是打扰少，时间充足，

李津　闻钟声　38cm×43cm　纸本设色　2014 年

而且新环境有新灵感，至少我感觉画面比在国内色彩明快些，干净些。

库艺术：在西方的语境下，批评家或是观者对您的作品的解读与国内观众的感受有何差异？

李津：西方人看水墨是有隔膜的，所以他们在看水墨时有学习的意识，他们不能像看油画那样直接，所以交流上有些不对等。我的作品相对好交流一些，主要是题材和造型方式比较易懂、有趣。这当然是我的愿望。国外观展的人圈外人多，不像国内，看展览的人一半以上是同行。国外的博物馆教育培养出来一批成熟的看客。国内的观众或喜欢我画的人对笔墨的判断，对韵味的感受会优于国外的观众。

库艺术："以古为徒"这个项目完成之后，您自身最大的收获是什么？

李津：可以去改写任何一幅古今中外作品，并且会有新感觉。

库艺术：在您自己看来，以前的《饮食男女》系列与现在的《新校书图》《怀古图》系列相比，两者之间有什么样的不同？

李津：过去的作品更多的是随意之作，都是有感而发，而且又是画自己的生活及爱好，这次波士顿作品是类似主题创作：主题在先。我可说第一次接受这样的方式创作。如果讲收获的话，就是比过去多了些理性。

库艺术：中国传统文人画很少表现“现世的繁华”，相反，大都以“雪泥鸿爪、清逸疏朗”的境界为高，您最初在以“食色”作为创作主题时，是否有过不被认可的顾虑？

李津：没有。古人的境界我很向往，但我自己的生活和所处的时代与古人太不一样了，我更希望描绘我喜欢的、我了解的，哪怕看上去不高级，真就好，鲜活就好，自然就好，这是从艺所求。

库艺术：您出生于一个高干家庭，与周思聪大师也有很深的渊源。这种成长背景对您的为人处事、艺术创作有着怎样的影响？

李津：首先感谢父母工作忙疏于管教我，加上“文革”期间二老都失去人身自由，我成长时自由散漫的态度得到巩固，没有规矩反而成就主观世界得以发展，所谓“有点儿跑偏”。

父母由于不太了解绘画这行，故放任我自由成长。表姨周思聪对我学习中国画和如何做人、做艺术影响深远，她的教诲使我不得骄傲。

库艺术：您跟中国当代艺术圈的交往非常密切，您在艺术观念上是否也曾受过他们的影响？

李津：都是朋友关系，也许是相互影响，我从不以类交朋友。

库艺术：现在社会的节奏这么快，经济衡量一切的价值观让人疯狂。在这种大环境下，您是怎样保持自己创作时的松弛、自在状态的？

李津：少想和画无关的事，画起画来才开心，才自主。

库艺术：您与刘庆和、田黎明、武艺等人一起参加的“四门阵”当代水墨展，应该说反映了当今中国水墨画的最高水准。那么，您对中国水墨未来的发展与走向有怎样的看法与建议？

李津：中国品质，东方神韵比某种语言和技术更重要。中国要牛，人先牛。

李津　巴厘岛印象　19cm×28cm　纸本设色　2014 年

李津　巴厘岛印象　19cm×28cm　纸本设色　2014 年

用心，乐趣，恩师
——武艺、李津谈艺录

武艺、李津是当今国画界十分活跃的两位艺术家。武艺的作品被称为“现代逸品”，其作品直通人的直觉与本性，传递出的那种轻松与随意令人心逸。李津的作品率意空灵中透露着对生活善意的调侃，散淡的人生趣味使得他的作品达到了当代性与传统意味的极佳融合。两位艺术家相交数年，言语中流淌的默契令人羡慕，平实的交谈中沟通了两位画者为人、为艺的态度和立场。所谓作画先做人，原本就是生活与艺术模糊而难以名状的牵连。

用心：对待艺术的虔诚与专注

《国家画廊》：武艺老师的作品给人感觉非常的轻松、随意，感觉是在“平平和和、不急不躁”的状态下完成的，能谈谈你的创作心态吗？

武艺（以下简称武）：心态这东西没法阐述，我的心态就是没啥心态！哈哈！

李津（以下简称李）：心态这东西太秘密、太私人化了。

武：对！李津老师要是不在的话我可能会说！

李：你谈心态犯了大忌，你可以让我猜猜武老师的心态啊。

武：自己说确实很难，那李津你猜猜我是什么心态？

李：猜哪组组画？是“马坡组画”还是“军营系列”？

武：“军营系列”！

李：欣赏武艺的作品，如果没进入画面给你的那种状态，或者没有跟着画面所给的状态走，就很难品味到其作品中所蕴含的意境。比如“军营系列”中《晨》画一女孩看书，如果你没有像画面中那个人那样专注，不用看书的心态去体味，就很难进入画面进而体味其中意境。因为武老师在创作这幅作品时就已经互换角色了，他已经很像那个读书人了，或者说那个人就是他了。

武：其实做什么事情都是一样的，用心去做很关键。

李：你不管是借助哪种形象，军人、工人或者农民，那种角色感都很强，你自己也化为了画面的一部分。当欣赏者没有这种角色感时，就很难读懂其作品中的声、色、景。

而且作品中所蕴含的意境，往往被那些简练的形式所掩盖。欣赏你的作品，猛地一看好像很简单，可能感觉不到什么，因为那种平朴直率和淡逸已经注入画面中了。但当观众进入角色后，就能发现你那简单的形式里面含着许多用心良苦的地方，这里面有理性和经验的一部分，更多的还有你的心态，这种认真源于对待自己喜欢的事业的那种虔诚和专注。

我一直评价你是现在国画界里用灵性和智慧来画画的人，首先一个大前提就是用心，然后灵性加上智慧所得的结果就是一种讲究，对你来说，对讲究的要求可能比对逼真的要求还重要。实际上所谓好的艺术品留给后人的价值，除了个人及情感上的真实以外，还应该有一种形式上的考究，或者说是一种创造，想成大器的艺术家肯定要有一部分心思用在这方面。

武：知我者，李津也！哈哈！

李：我觉得创作题材对画家来说也挺重要的，一个画家选择某种题材不是偶然的，画家都跟自己选择的题材有一种内在或者外在的联系。比如你的《显微镜下看花》和《扭大秧歌》，到底从纯形式语言上来讲有多大差距不好说，但是确实这两个题材，给人的想象和思维的边界特别不一样。武老师现在是用显微镜来看事物，哈哈！

乐趣：首先本身具有，才能传达给读者

武：今天和我们平时聊天的方式不太一样，我们还是先别界定它是艺术还是生活，聊起来慢慢地就会进入状态，这与画画一样。在为人上，我一直认为你有其他艺术家不具备的东西，这一点特别可贵，另外很重要的一点，其实你是一个很传统的人，把你放到现代里面也可以，因为你的题材是现代的，更重要的一点是你的画能与环境、能与上一代的脉络衔接上，这一点特别重要。

李：现在艺术圈子里有好多东西弄不清楚，搞得人负担太重，比如一些绘画材料的概念，如果搞不清笔墨、宣纸，那就已经基本上丧失传统文化的一大半了。

武：画国画的人相对来讲，做起事来讲究章法，讲究逻辑。反观你的作品，题材虽然表达的是现代领域，但随着意境的深入，慢慢地题材就不重要了，透过形式题材看你的笔墨技法，其实是从周思聪老师那里汲取了许多传统的营养。从你的作品中能很明显地看出皴、擦、点、染等技法，学生能看到特别清晰的程序、步骤，非常适合现代教学这个领域。

李津　红色经典之往事如烟　38cm×43cm　纸本设色　2014 年

李：在教学里面，作为教师一定要有一个教学规范和程式，如果没有规范和程式就没法传授。因为教师本身在教画的时候，就有很多故意的东西，也就是把一些东西扩大化了，只有这样才能让学生们看到这种细微的跨度，这种扩大化、故意就是一种虚拟、假设。而且在教学里，你面对的永远是处于同一个阶段的学生，这种重复对我来讲也是一件好事，但在教学方面我始终没有被承认，呵呵！

武：我感觉你的作品不仅从笔墨技法上给人以愉悦，其画面所传递的生活化的内容也让读者从乐转换到了一种享受，这是很难得的。我知道你经常画着画着就自己一个人乐了起来，你不先乐，别人怎么能乐起来啊！

李：我认为艺术上所谓的逼真感，其实就是强调一种鲜活。看似非常静止的画面，实际上有许多设计在里面，但是只要你的厌倦感、苍白感一有萌动，就会逊色不少。所以有时候也需要变化，像你利用国画、油画创作的相互调整，也是一种内在的变化。画家创作的目的性不能太强，只有纯粹的追求也是不行的，那些纯粹追求的创作所表达的方位是挺准的，可以说是“指哪打哪”，但是在这个创作过程中，画家自己本身的乐趣并不多，反过来给读者的乐趣就更有限了。生活中有乐趣的画家，其作品同样能传递出一种乐趣，他的创作过程就有一种愉悦的东西在里面。

武：对！这个不是水平高低的问题，只是每个人看问题的角度不同而已。

李：从某些方面看，我觉得你和宋永平还真有点相像。从状态上来讲，他反对专职化，他觉得所有陌生的东西都散发着一种新鲜感，他喜欢开拓新领域的状态、过程，那种过程比长期累积做同一件事情所得的结果还重要。

武：这是一件很难的事，这样做牺牲会非常大。

李：对，这就类似盖楼，盖到一半的时候再重新打地基去盖另一座楼，好多人会反对你，而且对宋永平来说，这个冒险是拿自己的价值来冒险。但是作为这个过程，他没有违背良心，就是说在打算做一件事情之前允许你不懂它，但不允许你对自己所长期从事的工作麻木，这种麻木很容易让人满足现状。反过来说，你长期从事一个工作，能保持一种不麻木的状态是一件很难的事情。

我觉得宋永平今后能成器的话，肯定是一个综合的体现，他最后所做的一些事情在咱们看来可能非常简单，但也许就是因为你没做过那么多事，你就做不了这看似简单的事情。

武：对！一个画家到最后能不能走得更远，除了才能之外，整个做人是非常重要的，同时过程的积累也是非常重要的，我原来不太清楚这个道理，但越往后才发现仅依靠一个最本能的东西是不够的，人到了一定年龄人总有迟缓的时候，要是再往上走，确实不是一件简单的事。所以想轻狂也不好轻狂，好多事情把握一个“度”是挺重要的，千万别过头。

恩师：做人与从艺的领路人

《国家画廊》：有一点我觉得很重要，就是你们两位都受卢沉、周思聪两位先生的影响，这种影响是潜移默化的，无论是艺术创作还是做人方面。

武：对！两位老师对我们的影响是巨大的，是我们俩生命历程中非常重要的领路人。卢沉老师有他的一套教学体系，其许多东西都是和学生同步的，所谓教学相长。他不会把你的创作思路、方式封得那么死，他一直认为创作方式不是仅有一个标准而是多样化的，他的这种教学思路对我们俩影响比较大，可以说是潜移默化的。

李：两位老师对我们的影响体现在各个方面，当时卢老师给你上课，除了传授给你一些创作方面的方法、技巧外，我认为更多的还是人格魅力的感染，哪怕就是一句话。我每次去表姨（周思聪）家，她和我所聊的基本上都是生活方面的事情而跟艺术没有多大关系，比如我和她讲自己遇到了不愉快的事情，她给你反馈回来的东西会给你很大的鼓励和鞭策。尤其是在她生病那段时间，自己已经很痛苦了，本来她是最需要别人关心的，她却还有那么大的心量去安慰你、鼓励你，我觉得这种境界是非常令人敬佩的。

武：现在回忆起卢老师和周老师在教学和生活中的点点滴滴，我还记忆犹新。

李：我后来一直在思考，在画面的形式上你没有完全学习两位老师，你早期的写生跟卢老师特别像，尽管后来的风格变化越来越大，但我感觉你实际上有好多内在的精神性的东西，尤其在人品方面受老师的影响非常大。不是很了解你的人，不可能一下就把你和卢老师的路子对上。

咱们展览那天我有一点伤感，我就想如果两位老师都在世那该有多好！看到他们的学生们比以前进步了、成熟了，应该是很高兴的！这就是没有办法的事情，过去就过去了，只能是面对未来吧。但是这个情节对我们哥俩儿是非常重要的。

情深意长，志同道合

李：也正是由于周老师、卢老师的关系把我们哥俩儿联系到了一起。

我们俩刚认识的时候，你刚毕业没有多久，那时候就感觉你是卢老师、周老师学生里面非常亲近的一个。卢老师、周老师对你的态度以及你对两位老师的感情，确实是一家人的感觉。记得那时正赶上我表姨去世，大家都在忙活后事，我就自觉不自觉地跟在你后面，有一种依赖感，尽管你的岁数比我小，这个习惯几年以后还在保持。

武：这么多年下来咱俩已经非常默契了！

李：我记得那次咱们去汉沽玩，天已经黑了，玩了一天人也确实饿了，你就跑去给我买了一个烧饼夹肉，挺简单的，也不是什么大餐，我就感到，有时候朋友之间并非需要大吃大喝，就是一件小事或一个很小的举动，一个非常细节的提醒，心到位了就行了。非常小的一件事，如果你的心思用大了，那件小事就不见得这么窄了。

武：对！你像咱俩近几年联系多一些，那些年很长时间通一个电话，感觉很亲切，感觉虽然不见面但始终有一根线牵着。

寶是眞
因
相
與意
諳諳普禮慈
尊奉報上天恩
天龍人主
護世
師親恩
於先奉報在心田
周全
重莫
禪門
李津

李津　朋友来了有好酒　35cm×137cm　纸本设色　2014 年

“与水墨有关”

——刘庆和与李津的一次对话

时间：2006年7月12日

地点：北京望京一泰式餐馆

刘庆和：我们直接谈论艺术，直奔主题。从哪开始呢，就从眼前的饭菜开始吧。

李津：饮食男女。

刘庆和：对，饮食男女。看见菜就想到你给“茶马古道”画的菜谱，所以点菜还是你来吧。其实我们之间相识是我先知道的你。在我心里从开始见你第一面，就觉得这是一个具有形象感的人。每逢场面李津必是一副惊世骇俗的打扮，左手提一个大妈菜篮子，脸上一大把胡须，一套宽松中式套装，看似随意实则极为考究，但这必是重大事件时刻。今天菜篮子又出现了，让我感动不已，这意味着本次谈话的重要性，于我、于水墨画界。一个人能构成一个总体的形象，且数十年如一日，只有懂得食、色、顺气的人才会有这番得体啊。这种把握，非常人能做到。

李津：上来就夸我。我在想，其实我们之间年龄相差没几岁，但确实当时新生代60年代这批人，从一开始所想的问题就与我们是不同的。比如从新生代那个展览上知道你，就觉得你会一直画到今天。你一入手走进这个圈子，心态就没有太多的顾虑，感觉很平淡，然后随着时代的变迁走。我也是按照这个生活方式走过来的。我觉得至少我们在这一点感觉上是非常自然的，从你发展的线索来看是贯穿的，比如那个《雨·雪》和后来的《王先生》等。

刘庆和：你那批“八五”时期的旧作好像近期发表了。看了之后很感慨，真的这不是谦虚，我们俩年龄相差仅三岁，但实际上“八五水墨”的时候，离我的创作状态还很远。武汉的展览对于那之后的影响，有多深远就不用说了。不管是什么原因吧，能一直走到今天的也就是你李津了。所以，说到当代水墨，“八五”是绕不过去的，而我们习惯于一追忆就想到新文人画和张力与表现等等。

李津：当时我们做“八五水墨展”时的概念和所谓学院水墨有一个非常大的区别，在哪儿呢？就是比着传统相对地画，因为那种叛逆的心理，放弃了很多学院的标准。比如我画西藏、画牦牛，虽然今天看来也算平常，但是就是那一点点微妙的变化，也与学院的背景有着明显的区别。通过此，也能够看到我当时与其他人的区别所在，比如我们俩的区别。我感觉你还是很自然地按照你的一个线路发展，而且每一步走得不追求过大的跳跃。我画得抽象，你呢，就相对的风格化，采取比较平和的心态，好像不是刻意地独树一帜。你追求个人的情绪，包括与你个人的掌控力与你修养的层面靠近，也就是说，从根本上来讲还是更多地关心你自己。开始关心周围的东西，可能是 1993 年的时候吧。我感觉你关注的题材包括风格和你所生活的城市，是一个较完整的体系。而且在我的印象里，你对城市的感觉，是一种真实的理解，因为我生活在这里，所以我画你。当然，现在谁都觉得能够用水墨画画城市，但我觉得真正在这个题材上，能大跨度并且涉足较深的人非常少。

刘庆和：我在 1986 年的时候画了一些城市题材的画，是铜版画的方式。实际上我后来画都市题材的水墨画，只不过就是从那些画面里转型了一种技术而已。我觉得笔墨也好，铜版也好，油画也好，是一种技术的区别转换，并非思维观念的转换。当你把技术转换之后，很多人认为你的思维观念也转换了，我觉得这是误读，因为大家都太熟悉技术了，在技术上容易做出某种判断。重要的是，你是以一种怎样的生活状态在这个世上生活，又怎样用自己的心态和情感来表现你的生活，这才是至关重要的。虽然也有不少人在从事都市水墨的创作，但总觉得浮于表面，不过是罗列了一些现象符号而已。所以，我在许多的场合谈到，都市水墨好像也形成了气候，但值得引起人们注意的是，题材表现不是唯一的，重要的是人发自内心的某种状态，虽然是表现一种生活，但你我的感受本该不同。

李津：你刚才说的是挺重要的一点，确实不光是形式上或者技术上一个转换，我觉得在观念上，在理念上有一个价值的东西，实际说的就是“离开”一点。你现在有“画空”的地方，比如精神上“空”，这一步挺重要。比如你对天空的把握，看上去是想象但又是非常现实的，你的画里头很明显要渲染某种气氛，那种气氛本身如果你过多地考虑用笔得一波三折，无疑会干扰你，你在整个宣泄和铺设这种场景的时候，能想象出与所谓的传统的水墨有着区别。在运作过程中你在下意识地寻找这种气息，这种气息或者说这种情绪、意境有很多是很现实主义的，你敢把它移过来，把它放在宣纸上，用毛笔去做，渲染这个气氛，我觉得从技术上走出来，其压力比那种概念性的要大得多，恰恰你到这一点之后，更多考虑的是画面本身。我觉得你还是自觉没有多大负担，即使近期能感到你开始对毛笔更加爱了，但还是没有影响你对造型的你的理解。通过创造你的形体本身，有一种语言在里头，这个形体本身就有了可读性。你做的东西有一种灵感或者是灵性的隐约再现，我认为雕塑一旦要达到塑造的境界就会选择很多东西，同时也会丢掉一些东西，甚至缺少暗示，是一种“塑造”，我一直谈到你强项的东西是“形体塑造”。但是你的“墨法”非常好，你对形体堆砌出来一种质感是个特点。性感不性感要整体地看，是要从头看到脚，这种情绪、性感、暗指，都在里面。从性格上，你也不是特别分离的人，属于一如既往的人。

刘庆和：我能感觉出来你比较委婉的意思。实际上说明白些，就是你还不能或者说没有对我画中有意回避用笔全部认同，这一点实际上是非常重要的事实。我们俩在这里看似互相吹捧着，但我们也在互亮着我们各自的底牌，而恪守着各自的底线，但可贵也在于此。我们都已经习惯于含蓄，夹着，很少在内心沟通，这就是我们的所谓完美的艺术生活。假如就中国当代水墨现状来讲，我们几个都还在前沿，但是作为当代艺术整体，我们并不在最前沿，虽然我们未必同意，但确实是别人这么认为。我们可以有很多的因为所以。比如因为我们是中国人所以画中国画，因为我们身前、身后有很多的先生看着，再往大里讲，因为文化的传承等等，但就是忘了因为我们是从事图画行业或者说产业的，视觉是图画的根本。实际上我知道自己身上的特点，我觉得有一点是把一种自信放大了，就是图像，即图像的感召力，技术是应该包括在图像之内的。就自己的生活状态和艺术创作状态如何面世，有兴趣想这样做和想告诉别人我有能力如何做是两回事，显然我选择的是前者。这就是现代社会，或者说是现代艺术的宽容。就一个人的创作连续性来说，经常围绕着创造来工作，对于观众来说是件好事。这些年来，我们作为一个动手的人，成长的环境并不好。有很多方面的原因，一个是经济利益的驱使，我们身不由己却也乐在其中；再一个就是理论对于当代的导向，让人缺少信任感地毫无价值的判断，混淆了视听却掌控着话语权。所以我们要坚持，要坚持大家都能看得懂的方式来工作，甚至要让理论家也看得懂才是。在中国，理论家是有特殊责任感的，比如要教导我们怎么画。

李津：实际上任何人都一样，都会有弱点，这个是非常正

李津　星云大师语录　38cm×43cm　纸本设色　2014 年

李津　时代寄语图　38cm × 43cm　纸本设色　2014 年

常的。关键在于你所从事的所谓事业是一种怎样的发展走向。比如你现在的“工程”，你画的画做了一半，后面还有好多工程要做，可能都会有底气，因为你在搭这个结构也好，做地基也好，演变至今，后面自己还有很多的空间留给你自己，在我们旁观人看来戏还没到谢幕的时候，其实你自己更清楚。我们看画也已经多年养成了习惯，就是有种难以言说的判断，看你的笔送到头的时候有没有停，感觉到那个边缘的时候，好像有种东西没有完全停留在你停笔之处，所以现在检讨的是没画满，值得庆幸的也是没画满。话说回来，一开始就奔着满而去的，各种期待集中在那里，这个时候就开始麻烦了，所以说我们是要检讨自己有缺憾的同时也有了供大家选择和议论的空间，还算没有自己把自己的根儿掐断了。

刘庆和：我在一些场合上说过一些话，但又不得不考虑，生怕别人误以为有所指，这不符合我的性格。在当代能把别人搭的甚至自己搭的构建拆装自如，绝对要具备一定的胆识和能力，水墨当代，真正能让我看了其作品从心里由衷地感到气恼和佩服的人，你肯定是其一了。我在想，你把“八五”的作品重新让大家看到，本身包含了想告诉人们你形成的足迹，事实也正是如此，能把自身的创作演变，阶段性地印在人们脑海里的人也就是那么几个，这就是为什么大家都喜欢看到一个自己喜欢的画家能够走远的道理。当年我主动地放弃大家习惯用的纸，而去寻找其他的天地看似是有意地躲开了，但实际上从来都是最本质的水墨情节在心中牢固地存在着，所以每当看到能用本色的材料抒发自己最本质情怀的人，就由衷地佩服，本来从天津的整体感觉就已经有细腻熨帖的体味了，再加上南京那段时期对你的影响，笔在纸上就具有一种天生的附着力。让旁人看着觉得很近，又很难。

李津：这个咱不是互相说，明眼人在看，也就是这么回事。至少有人关心你后面怎么办，这个就已经很难了。这个人下一步该怎么做呢，不免有些担心，因为越来越让人感觉不到。如果一个人的能力大于其结果，他有可能在精神上充满了恐惧和苦恼，你的能力大于你的原创，就只有尽可能地扬长避短，混乱之中，摆不清哪儿是对哪儿是错，也许从错开始了以错结束。我觉得追求在创作过程中的一种流畅感，一种本能的东西，并且具备那种闲情地关注，在这里头找一种幽默感，也许是对身心最为有利的事情。老实讲，你一直很在意形体的东西，注重其强度和力度，这个架子搭好之后才开始注入更多的情趣。你注意所有的作品，包括大师在内，如果没有细节，就难以让我们看下去。我现在看你的画，比如肉体松弛，双手下垂，胳膊麻木的感觉，这实际上同样是一种具体。每个人都有一个标准在心里面，所谓重新建立样式，实际上是不变之变。能够把那么多人放在一起，如果控制不到一个状态，就没有意义。

刘庆和：实际上，每个人都是有情感投入的，有的时候像是相约，在好恶上就会不自觉地产生倾向。作为一个天津人，经常能听到也喜欢听到有人讲天津是水墨的重镇，这也没什么可谦虚的，但我有时也在想，海河水是不是有些苦涩，在一时找不到甜水的时候，还不是用幽默来面对吗。而水墨又是最能自娱自乐的行当啦，天津人最能体现出人的矛盾心理，同时又能化解这种矛盾。天津现象也让我在许多方面有所疑惑和兴奋。比如技术性，比如性本身，比如文学描述，以及生活中无时不在的调侃和自嘲，等等。天津人的较真和旁人也有所不同，往往在即将出人命的时刻，一句客气话就全化解，生活的节奏和方向感很容易受义气导引。我觉得你刚才不断提出的所谓细节，我想也就是我有时讲的所谓“活儿”，没错，天津人实在是讲究“活儿”的好坏，这不仅存在于一个表面支撑。在一个生活节奏处于缓慢的大型都市里，资本家、买办、三教九流及鲜明的市井生活，形成了一种惯性，也造就了一大批有时间清高闲散的人群，眼睛容不得好好歹歹，稍一怠慢就被周围“高人”淹没了，而恰恰这些眼又很“毒”。有了这番气象，手拿毛笔表现什么就会简单从容。你看那些蔬菜，就那“二十三家”里的蔬菜，我觉得那简直就不是蔬菜，是境界。在别人还在揣摩样式的时候，你却在理顺物我之气，由此，与其说是对图像的爱还不如说是物我之爱，这种爱也就容易超越其他。其实有关技术问题的解释太多了，我总觉得我们从事的事业本来就是靠技术来解决的，但总有人喜欢强调一种技术过硬，否则到好像是放弃了基本的规则，这又是一个错误的判断。对待技术规则，南北方却有差异，但往往我们总是在可见的方面来寻找或者说争论。我们为何不从个人感受力的角度来考虑问题呢，哪一种更加鲜活呢？学习中国画总要“废画三千”，这是先生说过的。假如废画三千的同时又有三千个感受就不是坏事了。之所以废画三千就是因为是一个感受的重复，废也不足为惜。

李津：一个学校的传统不是在某一路的长短连贯性上来体现，我说它的力量，它所具有的感染力，并不代表它是依靠多年磨合，包括它的地势等等好多因素在里面。这些综合因素加在一起构成了一个学术单位的魅力。比如说北京，我总觉得无形中有一种现场感，它不是传授信息，而是直接感受现场。但又得有他具体的形象体现，比如像你，包括武艺，

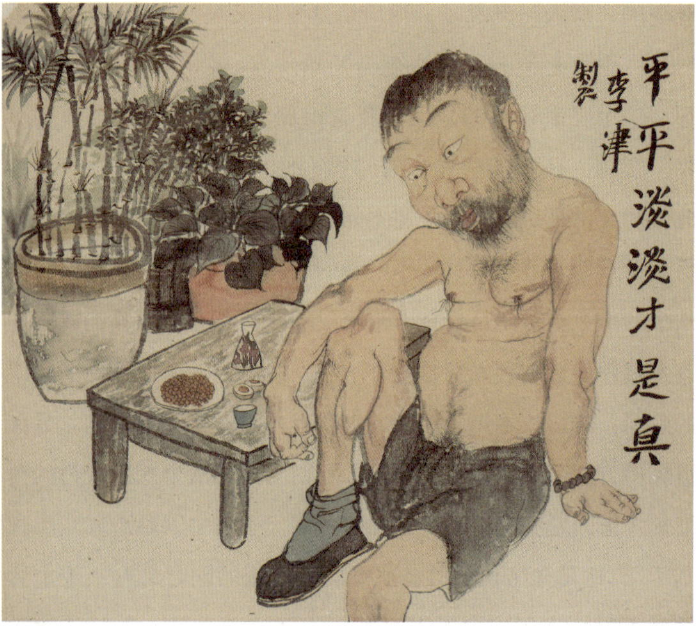

李津　平平淡淡才是真　38cm×43cm　纸本设色　2014 年

现在大家都能看到，这俩人很给中央美院添彩的，但我也能感到，有种力量还是属于在笼里转悠的，一旦发挥起来就吓人了。在这个商业时代里，相比上一辈的艺术家，你所承载的东西和一种厚度，应该更圆一些，所以人是多重性的。你把握艺术市场和社会的关系的时候，需要多个觉悟，缺少其一就会出现问题。其实，你的思维里头有一种怀疑的本能，严格意义上讲所有画得好的人，都有偏的东西，甚至不可逾越。我还认为你的状态，不管自觉与否，你在享受一种当代生活的氛围，同时又是一个相对处事的人……你是一个对自己的生活、自己的欲望真诚表达的人，其结果也就该如此。原来我总在说，虽然现在场面上眼花缭乱，但再有几年就会清晰可见，我们不能低估了大家的判断力。

刘庆和：我也有同感。我们要涉及的话题实际上是当代的话题，我们心照不宣地回避了祥和的气氛，而直指各自内心世界，说得独断些，能够让我们进入话题谈论的人当然也是有分量的，我们也不是基于正面和积极的考虑，以及是否可大量收藏，是否持币待购等等。因为睁开眼就是一片繁花似锦，谁都觉得有资格俯瞰当代，虽然谁也无法拿出一个标准，来丈量别人甚至他自己，但在我们的脑子里却有一个良知底线，即一个

李津　平生云水心　38cm×43cm　纸本设色　2014 年

人所呈现给大家的状态和他自己内心的真实状态是否如一。

李津：我认为在一些人身上，真正意义上的当代性并没有。不是关乎题材，而是单纯从绘画的角度，来体味其作品的当代性。比如看你的东西，是在真正视觉感觉上有一种当代性，这不是靠理论支撑或者某一环节来体现的，“当代”并非是一种时尚和实用来供人追赶。

刘庆和：按照现状来讲，当代也就是那么几大块，比如所谓正统的教学和艺术创作，那种有组织的，诸如全国一些大展等；比如边缘一些的，远离正统的艺术；比如所谓使馆艺术“犬儒文化”等，好像无论哪一面旗下，都有一大批辛勤的耕耘者。但是这些所谓的当代在理解当代性上，却有着质的区别。

李津：其实，关键还是出发点的问题。开始的起点，能支持你往下走着，没有太背离初衷，总体上“初衷”不是现在咱们看到的结果。多种原因形成的几乎都背离了，也许是由于我们都经历了在较短的时间段里，动荡不安的年代，能够坚持至今已经是很不容易的了。回过头看，是因为最初的良知，如果连这一点良知都没有也就不会关注当代，关注你我。非常简单，也许这是一种回望，没有回望就真的绝望了。对于一个艺术家能在较长的时间里，保有着最初的敏感和实践，同样是一种良知的体现。

刘庆和：是的。曾经有个人跟我说，当你所谓样式形成之时，同时也就是你往下坡走的开始。我开始不同意，好容易形成的样式，怎么也要维护一番。这正是我们几乎都害怕触及的话题。维护本身就是维持，而最初的敏感和力度就逐渐削弱了。我们可以照见镜子，维持是一种可怜相，人已经扒在井边儿了，还在嚷嚷："谁敢把我踢下去"，然而这就是一个残酷的事实，我们为何不能把自己呈游离状态，使自己和自己都能保持一种距离，但这是大多数人都很难办到的，因为和自己都能保持距离是件很难的事情，太容易遭受损失。所以说，维持一种形象和坚持一种艺术主张完全是两回事。

李津：我们现在有所考虑的是不得不面对，不得不复杂化，本来我们应该更单纯，按照我们最早的初衷。但是现在不允许你单纯，说简单了，今天我们在一起谈的，大家未必都能理解。每一次洗牌、升华都是超越性格上的，其实艺术严格来讲都是在形成一种潮流，虚拟的潮流。

刘庆和：我曾写过一段话——"迎着和风飘飘然然，忘记了最初的誓言……”这实际上也在反省自己，我们太容易忘了最初是怎么想的，实际上当初也没什么誓言之类的，只是相对于今天要单纯得多。那时的我们基本都是因为爱好，或者是为了打发无聊的时光，与今天可怜的父母们把一切希望都寄托在孩子的小画夹子上完全不同的。

李津：扯得有点远，我们还是谈画吧。你的画，有笨的地方，也有默契的感觉，这个默契的感觉和你的性格有关系。“白”“高光”是很重要的环节，也许正是你的“形”和所谓“力度”在控制着“线”上面的“白”，特别是你做外形、做外围的时候可以很随意，但是你在处理流动的“白”的地方非常客观，而且相当的谨慎。怎么说呢？从“骨”来讲，还是统一在外围的“线”上。内轮廓这些“白”有一种很“西方”的概念，但是这种“白”你会控制地用它，如果解读分析你的画，更多的是看这个“白”。从形式区别上来讲，画“内轮廓”的人很少，你的“内轮廓”我的一个解读就是“白”，你现在所有画的“白”决定了你的好多东西。

刘庆和：读画，我也喜欢一种直觉，“白”是来自于西画的角度这一点没错。内轮廓的分析也是第一次听到。说真心话，我的工作停下来的时候，有时觉得很清楚，又有时觉得眼前一片混乱，总的来说，我们从事水墨的人要经受比其他人更多的心理负担和压力。这一点你我心里都很清楚。这里面我们各自都有各自的难度。比如，坚持用一种方式来考虑创作，和经常用多种方式来考虑创作，都有各自的角度。比如你吧，当像我这样的人考虑怎么绕开的时候，这么多年，你始终在坚持用相对固定的方式进行创作，其实难度也更大，因为不变是一种表面现象，而许多精神的内涵，深层面的东西已经在改变了，这是你过人之处也是你高明之处。我觉得，你实际上着重强调的是阅读感，而不是现场感。通过捧在手上看着发笑，你李家样的轻松调侃和悉心收拾，来转化为一种沉吟去解读生活最鲜活的万象，同时更宽泛的意义也就瞬间生成了，这是一般画面无法做到的。观众并不傻，绝对能看出谁能够继续做下去，谁在小心翼翼地维持某种状态。记得很早的时候在北京音乐厅画廊，第一次见到你的唐卡风格的肖像作品，觉得可惜，与最早期的水墨作品有些脱节。并且拿正经事调侃的度量和态度也是非常超前而一下子让人难以接受，在今天总体地来看，前后不仅搭界且也统一协调，这是我佩服你的地方。这些年来，我的作品，也许是因为展示的环境有关，与手卷式的阅读不同，大的空间相对应的是大的形象感，而必须要舍去一些细节，而这些细节有可能正是我们早已习惯接受的熟悉的水墨技

李津　浮世情缘　43cm×47cm　纸本设色　2014 年

巧，而在我内心的牢固的水墨情节，只不过是通过其他的方式在画面中传达了。有一点，我们都在一路走来，始终还在坚持各自的主张，没有顾此失彼，也算难能可贵。试想，假如大家都在做同样事情，也太无聊了。

李津：我要说一句非常到位的话：总是有人喜欢用一种被人们承认的语言方式来阐述自己，比如八大。八大已经赢得语言的权利，那么就会有人想通过他的理论、想法、新的东西被承认的语言来转换。实际上他的内心特别希望和人沟通，而寻找原创又是非常难的事情，就理所当然地选择了这种简单易成的方式。这实际上是个很大的问题。而所谓原创是用非常传统的技巧来捕捉现实，算主题创造也好，它是来源于生活，把一种最民俗的、认为回流的东西生活化，我觉得这个价值是很大的。这也算是转型阶段的一个贡献吧！那些把语言进行嫁接又转换的方式，从根上有一种“软弱”的影子存在，软到一定时候，实际上就是刚才所说的，即出局。我认为你没出来，我也没出来，还没有结局，这应该是幸事啊。

刘庆和：在学院的正统教学中，总是会有很多人为的主流来覆盖众人的个性，在教与学中都会时刻感受到。我觉得一个学生在接受信息的时候，也就是有那么一段时间是广纳时期，然后就看他的意志了。是主动地接受还是被动地接受，几乎就是这么一段时期之内。“八十始知己无知”，在我看来不过是一种“秀”，树立形象而已。固执己见是随着年龄在增长的，比如我吧，错过那个最佳接受时期，过后再恶补几乎是徒劳。我其实要说明的是一个学生在他最佳的接受阶段，所受到的教育有多么的重要啊。比如这个孩子刚能行走就开始扛枪，他的人生也许就与斗争有关；比如我们这些经过60年代饥荒的人们，就对饭桌上的东西更加感兴趣。儿时的印记真的能跟随你的一生。但艺术与斗争却是两码事。这也要看他从事所谓事业的支撑点是什么。有些人在失去了他的支撑点后，不知该如何为继他的事业，所以只好创造斗争环境。把对手视作他工作的动力，就像你说过的，不接招就是在害他，人的性格真是有所不同啊。从艺术人生的视角来考虑，生活中的艺术都可以被认为是艺术，绝不是仅仅是水墨天地，以什么样的方式来赢得创作后的幸福感，真是各有不同。

李津：你有事业就是一个本钱，你的价值观和市场价值基本得到一个认可，对自己这一点……你唯一能够把握的也就是这一点。对于自己的快乐或者苦恼，谁也没有细算，不知不觉中，我们的工作就可能来源于某个欢乐或者困惑，有很多烦恼或者恨都会变相地释放出来，都有可能，有很多东西不是那么简单的，所以体现在我们身上的就是这个东西。不刻意，就是自觉，当你做事的时候，不管怎么样，最后还是要有一个抉择，抉择就会有一个“黑白分明”的东西。也许就会一路地支撑着你。

刘庆和：如今大家都在赶奔前程，窗外的诱惑太多，我们更需要相处而不是斗争，没必要设计制造一些委屈和事件，赢得眼球和同情。举目可见，无论哪一层面的人都已学会很艺术地从事着艺术，这也许正是中国当代艺术的特点。有时，真的不知道是在误导别人还是在误导自己。我在想，把自己搁在当代是件好事还是坏事呢？我甚至觉得，画山水可以吞云吐雾，啸傲山林，境界自然高；画花鸟，梅、兰、竹、菊，傲骨清香，人品自然好；画古人、少数民族、领袖、工、农、兵自然陶冶情操。唯独我们画的人物似乎思想品质有点问题，起码是问题青年吧。怎么办呢，我实在不忍心把活生生的人在我的画面里都沦落成没有性别的人。细想一下，我们的题材是别人剩下的而不是省下的，在通俗平庸里追求境界，可想而知其难度啊。（笑）说一句狠话，我早发现你的心肠并不软，你竟然把人性里最“人”的东西搬到纸上，你圈了一个大圈儿，然后任由你自己往里面放东西。五谷杂粮，谁敢跟“顺气”较劲儿呢，只好含蓄吧，再狠狠不过你，所以我觉得你霸道啊！

李津：哈，谢谢你对我的夸奖啊。有人说我狠，我爱听，其实今天的谈话，有些对你的话我还没狠着说。

刘庆和：嘿嘿，我也是啊。